路面電車フクラム殺人事件

21.5kmのトリック

A murder on
FUKUI RAILWAY
streetcar FUKURAM
KITAGO Moichi

北府茂市

文芸社

この物語はフィクションです。登場する人物・団体・名称・地名等は、実在のものとは関係ありません。

目次

序章　噂の鉄オタ刑事

九月一日、日曜日の早朝――

東京駅の地下コンコースは、ひっそりとしていた。

午前五時の北改札口。まだ、地下鉄を利用する人は少ない。

五時一六分、地下鉄から降りてきた乗客の足音が遠くから聞こえてくる。ゆっくりとした足音が段々と近づいてきて、一人の男性客が自動改札機を通って出てきた。冴えない表情をしている。

男は、丸の内地下北口から自由通路を八重洲方面へと歩いて行った。しばらく行くと左側に地上へと上る階段がある。男はその階段を上がり、地上を更に八重洲方面へと歩いて行った。しばらく行くと、男は鉄道警察隊の分駐所の前で足を止め、大きな溜息をついた。男が分駐所の中を覗き込んでいると、男の後ろに近づいてくる足音があった。

「警部、能登川警部。またこんな所で溜息なんかついちゃって、おはようございます」

「あぁ、松阪君か。おはよう」

どうやらこの二人は警察官のようだ。松阪と呼ばれた男が続けて言った。

「能登川警部は、警視庁では有名人ですからね。何故か警部が追い詰めた犯人は電車の中に逃げ込む者が多い。そして、警部は車両の構造に詳しいから出口のない車両に犯人を追い込んで一網打尽にする。だから、電車内での検挙率は鉄道警察隊よりも警部の方が上。噂の鉄オタ刑事って言われてるらしいですよ」

「あれは、偶然犯人が電車の中に逃げ込んでしまっただけだよ」

能登川は苦笑いをした。

「警部、もう行きましょ。ほら、中にいる鉄警隊の人、こっち見て笑ってますよ」

能登川と松阪は、少し気まずそうな表情で軽く会釈をしてから分駐所の前を去った。そして、八重洲中央口方面へと歩いて行く。歩きながら能登川がボソッと言った。

「鉄道警察隊はいいよなぁ、いつも電車に乗れて」

すると松阪が応えた。

「あちらはスリとか痴漢とかの地道な捜査ばかりで大変だと思いますけどねえ」

「地道なのは俺達も一緒じゃないか。あぁ、一日中電車に乗っていたいなあ」

どうやらこの男は、鉄道好きのようである。

二人は八重洲中央口から山手線の渋谷方面行きに乗り、田町駅で降りた。田町駅東口から芝浦運河通りを藻塩橋方面へ歩いて行くと、彼らの職場である田町警察署が見えてくる。田町警察署のすぐそばには東海道本線が走る。以前は田町車両センターがあった場所でもあり、多くの車両が所狭しと停車していた。現在、田町車両センターがあった場所は、高輪ゲートウェイ駅になってしまったが、札の辻橋辺りから品川方面へと続く緩やかなカーブの途中に田町警察署の庁舎は建っている。電車を眺めるには、どの建物からよりも良く見える場所に田町警察署はあると言っても過言ではない。

そのため、田町警察署に配属されると皆、能登川のような鉄道ファンになってしまうそうである。

午前六時頃、能登川と松阪が田町署に着くと、署の線路側にある小さな広場で一人の男性が、スマートフォンでラジオ体操の動画を見ながらラジオ体操をしていた。その男性を見て能登川が声をかけた。

「副署長、おはようございます。今日も早いですね」

ラジオ体操をしていたのは、田町警察署の副署長である、石岡福吉《ふくよし》だった。

「おぉ、能登川君、松阪君、おはよう。さっきドクターイエローが走って行ったぞ。今日は何か良いことが起きそうな予感がするなぁ」

この石岡副署長も田町署に着任してから鉄道ファンになってしまった口で、ラジオ体操をするというよりも、電車を眺めていることの方が好きなようである。

先程から警部と呼ばれていた人物は、田町警察署の刑事課の課長をしている能登川《のとがわ》宗太郎《そうたろう》。そしてもう一人は、役職はないのだが、能登川からの信頼も厚く、一目置かれる存在の松阪一志《まつざかかずし》刑事だった。

この二人は、物心ついた時からの鉄道ファンであった。

能登川が副署長に言った。

「こんな所で立ち話するのもなんですから、ベンチにでも座って電車を眺めませんか」

「おぉ、そうだね」

三人は、電車の見える小さな広場にあるベンチに座り、時間を忘れて鉄道談義に花を咲かせていた。今日という日が、とても長い一日になろうとも知らず。

第一章　不可解な事件

渋谷駅から約二キロメートル程離れた所に、城西バス渋谷営業所はあった。

午前五時、入社三年目の路線バス運転士である山川は、その日担当する車両の始業前点検をしていた。タイヤ、エンジン、灯火類に異常はないと判断し、運転席に座る。

ゆっくりとエンジンキーを回し始動させるが、エンジンが回っても五秒位回転したらプツンと停止してしまう。再度キーをオフにして始動させてみるが、先程と同じように始動はするのだが、またしても五秒位回転してからエンジンが停止してしまうのだった。

山川はエンジンが冷えているからだろうと思い、アクセルを少し踏み込みながら始動させれば大丈夫だろうと再度エンジンキーを回してみるが、それでもエンジンは五秒位回転してから停止してしまう。

このままでは出庫の時間に間に合わないと思った山川は、営業所の所長のもとへ行き、車両の異常を報告した。所長は、すぐに山川が乗る予定の車両の所へ行き、エンジンをかけてみるが、山川が言った通りエンジンが始動しない。所長が渋い顔をして山川に言った。

「こりゃダメだな。山川君、申し訳ないんだが、今日は、故障車が多くて予備の車がないんだ」

「えっ、あの60号車は使えないんですか」

山川は、予備車の60号車を指差して所長に尋ねる。

「実はさっき、君よりも先に仁木《にき》さんの車が故障してな、あれは仁木さんが使うことになってるんだ」

山川はもう一度60号車の方に目をやると、60号車の車内から運転士の仁木が降りてきた。仁木は山川よりも先に出社していて、車両の点検を終えていたのだ。

更に所長は言った。

「しょうがないな、他の営業所から車を借りる方法もあるけど、今からじゃ間に合わないだろ。本当は使いたくないんだが、今日はアレで行くか」

所長が指を差した先には、今から二十年程前に製造された古い車両があった。そのバスは営業運転からは引退したが、調子が良いため、廃車にはせず新人運転士の教習用に使っている車両だった。

　バスの運転士は、自動車教習所で大型二種の運転免許を取得するが、運転免許が取れたとしても、バス会社独自の教習を受けなければバスの運転士になることができない。そのため、古い車両を教習用として残してあるのだった。

「山川君、懐かしいだろ。たまには初心に返って運転してみるのもいいんじゃないか。ＩＣカードも使えるようになってるし、車が早く直ったら無線で連絡するから、しばらく教習車で我慢してもらえないだろうか」

　所長からそう言われた山川は、教習車を営業運転用に変える準備を始めた。エンジンキーを差し込み始動させると、二十年程使用している老兵とは思えないほど勢いよくエンジンは回り始めた。ただ、他の新しいバスと違うのは、行き先を表示する方向幕がＬＥＤ表示ではなく、たくさんの行き先が書いてある長いフィルムをロールに巻き上げていく古いタイプを使用していることだった。

　山川は運転席から立ち上がり、方向幕の本体にある小さなのぞき窓からのぞきながら、スイッチ操作をして行き先を「教習車」から「回送」に変えた。準備が整ったことを所長に報告し、山川はバスをゆっくりと発進させて渋谷駅のバス乗り場へと回送していった。

長らく使用していなかった車両なので、本来ならば慣らし運転をしてから営業運転をしたかったのだが、始業前点検に時間を要してしまったため、バス乗り場までの二キロ程の回送区間だけで走行チェックをしなければならなかった。

エンジンからは、ファンベルトが強張っているせいか、少し加速しただけでベルトがキュルキュルと音を立てる。

「点検では緩んでいなかったので、エンジンが温まると直るはずだ」と山川は思った。次に山川は、後方から車が来ていないことを確認し、ブレーキを踏んでみる。ブレーキも、しばらく使っていなかったせいか、キーキーと金属音を発しすぐにホイールロックしてしまう。彼の経験からすると、二～三キロメートル程走ってブレーキを暖めれば直ることぐらいは知っていた。

交差点に近づく度に黄信号に合わせて停車できるよう、ゆっくり走ってはブレーキを強く踏んで、キーキー、カックンと車を停車させ、ブレーキを慣らす。信号が変わると、早くブレーキが暖まってくれと祈るような気持ちで山川はバスを走らせていた。

日曜日の早朝なので、普段なら一〇分程で回送できる距離なのだが、この日は、一五分かけて回送した。最後の交差点で、ファンベルトの音も、ブレーキの金属音もしなくなったことを確認した山川は、渋谷駅東口56番乗り場へバスを進入させた。バス乗り場にバスを停車させると、バスの行き先を表示する回転式方向幕を田町駅前行きにセットし、扉を開けた。

バス乗り場では、一人のサラリーマン風の男がバスを待っていて、扉が開くと同時に乗車してきた。山川は乗客にアナウンスする。

「おはようございます。六時三〇分発田町駅前行きです。発車までしばらくお待ち下さい」

サラリーマン風の男は、黒いビジネスバッグから定期券を取り出し、ＩＣカードリーダーにタッチすると、車両中央部の席に座った。その男性は、座席に座るとすぐに目を閉じて、何か考えごとをしているかのように見えた。あるいは徹夜明けで眠いのかも知れない。

日曜日の朝は、大都会東京でも人通りは少ない。発車時刻の二分前になって、ようやく二人目の乗客がバスに近づいてきた。その乗客はジャージ姿をした、背中に大きなリュックを背負った女子高生だった。彼女は乗車すると一番後ろの席に座った。

発車時刻の一分前になると、今度は、背の高い一人の中年男性がバスに近づいてきた。その男性は猫背で、手には紙袋を持ち、何故か口をポカンと開けたまま歩いてくる。財布から小銭を出して、料金箱に二一〇円を入れ、運転席の真後ろにある座席に座った。

山川は「何故、運転席の真後ろの席に座るのだろう。始発の乗客は三人しかいないのだし、他にも席は空いているのに」と、この時思った。

やがて発車時刻の六時三〇分になったので、出発のアナウンスをし、扉を閉めた。バス乗り場を発車して右へ曲がり、並木橋方面へ進むと、最初の交差点の信号が黄色に変わった。山川は、信号待ちのアナウンスをしてバスを停車させた。

この交差点は信号待ちの時間が少々長いが、日曜日の始発は終点まで利用者が少ないので時間調整にはちょうどいい待ち時間だった。

しばらくすると、運転席の真後ろに座っていた男性が、持っていた紙袋をガサガサさせ始めた。運転士の山川はルームミラーで後方を見たが、ミラーには全く写らない席なので、ゆっくりと後ろを覗き込むように体を動かした。すると男性は席から通路に下りて、運転席の真横に立ち、山川に話しかけてきた。

「オレは強盗だ。今から赤信号以外ではバスを停めるな。いいか、バス停に客がいてもバスを停めるんじゃないぞ」

男は小さな箱を持っていた。その箱には小さな時計と、赤と黒のリード線が付いていた。

「見ろ、これは爆弾だ」と、男は小さな箱を見せて言った。

「バスジャックをする気ですか」と、山川が男に訊いた。

すると、男は「そうだオレは強盗だ」と言った。

それでも山川は冷静だった。バスジャックをするのかと訊いたのに、男は再び強盗だと言ったのだ。薬物中毒者かも知れないと思い、車内放送を使って他の乗客に伝えた。

「皆さん大丈夫です。この方の言う通りに走りますので、しばらくの間ご辛抱願います」

交差点の信号は青に変わり、バスはゆっくりと走り出した。

すると男は振り返り、二人の乗客に言った。

「窓のカーテンを閉めろ」

二人の乗客が窓のカーテンを閉めていく。

そして、犯人の男も乗客と共にカーテンを閉めていた。

犯人が後ろを向いている隙に、山川はバスの外に助けを求める手段をとった。

バスの行き先表示には、行き先の他に、緊急事態が発生している旨を示す表示があった。田町駅前行きになっているのを緊急表示にすればいいのだが、現在使用している車両は、普段使い慣れているデジタル式ＬＥＤ表示とは違う。回転式の旧型方向幕なので、行き先を一枚一枚巻き上げていかなければならない。山川は、方向幕一覧表を取り出した。

次の交差点が赤信号になった。信号待ちの間に、田町行きから緊急表示までの枚数を数えると、緊急幕は十枚送ると出てくるようになっていた。

犯人に気付かれないように、行き先表示器の〔送り〕ボタンを慎重に、一つ一つ数えながら押していく。信号が青に変わったので、ゆっくりと加速しながら進む。

ルームミラーで犯人の動きを見ながら、一つ一つ〔送り〕ボタンを押していく。一、二、三、四、五、六、七……。いつもよりゆっくりと走っていたため、後方にいる犯人が山川に言った。

「あんまり遅いと怪しまれるから、もっとスピードを出せ」

山川は言われた通り、時速四〇キロまで加速する。

行き先表示器は、一つ一つ確実に動いているのだが、現在、どの行き先になっているのかは立ち上がって表示器後ろの覗き窓から覗き込まないと分からない。犯人が後ろを向いている隙に、更に表示器のボタンを押していく。八、九、よしあと一つだ。

その時、後ろを気にしながら運転していたため、次の交差点の信号が変わったのに気付くのが遅れてしまった。山川はとっさに車内放送で言った。

「信号が赤になりましたので停車します」

山川は、制動距離が足りないかも知れないが、急停車にならない程度にバスを停めようと思い、徐々にブレーキを踏んだつもりだった。だが、渋谷駅前での発車待ちをしている間にまた冷えてしまったのか、ブレーキは金属音を発しながらホイールロックしてしまい、バスは急停車してしまった。

バスが急停車したため、通路に立っていた犯人は勢いよく前方まで飛んできて、フロントガラスに頭をぶつけてしまった。「あぶねえじゃないか」と、犯人が大声を出した。

とっさに山川は、「歩行者が飛び出してきたものですから急ブレーキになりました」と言い訳した。すると、犯人から、「気を付けて運転しろよ」と注意される。

勢い余ったのは犯人だけではなかった。行き先表示器を操作していた山川は〔送り〕ボタンを一〇回押して、そこで手を離したつもりだったが、急停車した反動でもう一回〔送り〕ボタンを押してしまったことに気付いていなかった。

一一回目の行き先表示は緊急表示ではなく、〔城西観光　貸切〕だった。

行き先を示す方向幕が〔緊急事態発生〕ではなく、〔城西観光　貸切〕になっているとは露知らず運転を続ける山川だった。

それでも山川は、バス停で待つ人や、対向してくる車の運転者がバスの異常に気付き、早く警察に通報してくれることを願いながらバスを走らせていた。

バスは恵比寿駅前停留所や恵比寿二丁目停留所を、バスを待つ人がいるにもかかわらず通過していくのだが、バスを待つ人達は、バスをちらっと見上げるだけで、すぐに目をそらしてしまうのだった。

それもそのはず。いつもとは違う古いバスが来て、行き先表示が〔城西観光　貸切〕になっていたのだから……。

バスが白金高輪駅前停留所を通過しようとしたところ、犯人は持っていた紙袋に手を入れ、ゴソゴソと何かを探し始めた。

その時、山川がルームミラーで後方を見ると、後方の座席に座っていた二人の乗客が小声で何か話しているのが見えた。

前方に魚籃坂下《ぎょらんざかした》の交差点が見えてきて、その信号が赤に変わろうとしていた。今度は交差点までの距離に余裕があったので、急停車にならないようにと緩くブレーキを踏んだつもりだった。しかし、バスジャック犯が乗り込んでいるという初めて経験する状況下で緊張していたせいか、またしてもブレーキは金属音を発しながらホイールロックしてしまい、バスは急停車してしまった。

その時、通路に立っていた犯人が床に倒れてしまった。同時に、手に持っていた爆弾らしき箱も手から離れて飛んで行った。

爆弾だと聞かされていた山川は「あーっ」と叫び、瞬間、死を覚悟した。箱は床に激しく当たり転がっていった。バスの車内にはしばらく沈黙があった。そして、爆弾らしき箱に山川が恐る恐る目を向けると、箱には何の変化もなかった。煙すら出ていない。

山川はほっとしたのだが、その後すぐ、後方から「ドン」という大きな音が聞こえた。

ルームミラーで後ろを見ると、後部座席に座っていたサラリーマン風の男性客が犯人に飛びかかっていたのだった。

山川は交差点の信号が赤から青に変わったのを見て、すぐ近くの魚籃坂下停留所にバスを停めようと考えた。そして、犯人と男性客が掴み合いになっている間に外へ出て助けを求めようと思った。

バス停まであと三〇メートル。

しかし緊張のせいか、今度はクラッチがうまく繋げない。バスは大きなエンジン音を立てて急発進してしまった。その反動で、犯人も男性客も後方へ倒れ込んでしまい、男性客は運悪く金属製の手摺に頭を強くぶつけてしまった。

転倒した犯人の方はすぐに立ち上がり、今度は山川に向かって何か叫びながら突進してくる。

「何やってんだよ、止めろ。バスを止めてドアを開けろ」

山川は、かすかに残った気力で魚籃坂下バス停にバスを停車させようとしたが、今度も緊張のせいで、ブレーキペダルを踏む足に力が入りすぎてしまい、またしても急停車してしまった。そのため、前方に突進してきた犯人は、今度は急停車の反動でフロントガラスに顔面からぶつかってしまった。

犯人は顔面に手を当てながら、山川に掴みかかってきた。

「ドアを開けろ」

恐怖のあまり、震えながら扉のスイッチを操作する山川は、どのスイッチが前扉用のスイッチかも分からない状態になっていたため、前後全ての扉を開けてしまった。

犯人は、山川に「もういい」と言って強く突き放し、前扉から降りていった。

山川は、犯人に強く突き放された時に運転席の窓枠に頭を強く打ったようで、その場で気絶してしまった。

魚籃坂下バス停には、バスを待つ一人の女性客がいたのだが、その女性は開いた中扉から車内を覗き込むと、床に倒れている男性客を見て、「キャー」と叫びながら去って行った。

後部座席に座っていた女子高生は、バスが停車するとすぐに男性客の所へ行き、怪我の様子を見ていた。その女子高生は一人冷静だった。男性客の肩を優しく叩きながら、耳もとで大きく呼びかけた。

「大丈夫？　頭打ったの？」

男性客の手の指を強くつまむと、男性は小さな声で頷いた。

「うん、大丈夫」

「意識あり、呼吸あり、頭から血が出てるね。ちょっと待っててね」

そう言うと、彼女は後部座席に置いてあった通学用の大きなリュックを持って来て、リュックの中からフェイスタオルとマフラータオルを取り出した。フェイスタオルを小さく折り畳み傷口に当てた。そして、マフラータオルを頭に巻くようにして縛り止血した。次に、昼休みなどの休憩時間に昼寝をするために持ち歩いていた、エアー式のネックピローをリュックから取り出し、一気に膨らませて男性の首に当てた。

「これで首の固定と気道確保、ヨシ」

最後に男性を床に座らせ、彼女の大きなリュックをバスの壁との間に置いて、リュックが背もたれ代わりになるようにした。

そして、スマートフォンを取り出して一一〇番通報しながら、男性の額に止血帯を巻いて表面に止血した時間を書いた。一一〇番はすぐに繋がった。

「はい、一一〇番です。事件ですか、事故ですか」

「事件です。渋谷駅六時三〇分発田町駅前行きの城西バスがバスジャックされてたんですが、現在、魚籃坂下バス停でバスが停車したところで、犯人が逃走したため通報しました」

「バスは魚籃坂下バス停に停車してるんですか」

「はい、バスは魚籃坂下バス停で田町方向を向いて止まっているところです。あと、乗客一名が怪我をしてます。車内で頭を打って、頭部から出血があり危険な状態です。救急車の手配もお願いします」

「分かりました。救急車はこちらから手配します。携帯電話を切らずに待ってて下さいね」

「ああー、バスが動いてる」

「もしもし、どうしました。大丈夫ですか」

運転士の山川は、バスが停車してすぐに気を失ってしまったのだが、その時、彼はブレーキペダルを踏んだまま気絶していたのだった。サイドブレーキは掛かっておらず、足の重みだけでブレーキペダルが押され、バスは辛うじて止まっていたのだ。バスが動いたのは、ブレーキペダルに乗っていたその足が、女子高生が車内を移動した時に生じた揺れで、ペダルから外れてしまったためゆっくりと動き出したのだった。

彼女は飛ぶようにして運転席まで駆け寄り、サイドブレーキのレバーを探した。

「ブレーキ、ブレーキ。あっ、これだ」

ブレーキレバーを操作した。プシューと圧縮空気の流れる音が聞こえた。

「止まったぁー」

手で額の汗を拭う女子高生だった。

「もしもし、どうしました。もしもし」

「はい、大丈夫です。ブレーキが掛かっていなかったみたいで、バスが少し動いたんですが、今サイドブレーキを掛けたので、大丈夫です」

「ああ良かった。救急車もパトカーもそちらに向かってますから、電話を切らないで待ってて下さいね」

その時、彼女は何気なくスマートフォンを見た。

「バッテリーが、ああー」

「もしもし、もしもし」

スマートフォンがシャットダウンしてしまった。いつもなら夜中に充電しておくのだが、この日に限って充電するのを忘れていたのだった。

「充電するの忘れてた。仕方ない。救急車とパトカーを待つ間、運転士さんも運転席から下ろして、床に寝かせてあげるか」

彼女は運転士の山川にも応急処置を施し、救急車とパトカーの到着を待った。

第二章　鉄オタから刑事に変わる時

田町警察署の庁舎裏にある小さな広場では、能登川、松阪、そして副署長である石岡が、事件が発生しているとも知らず、鉄道談義に花を咲かせていた。もうかれこれ一時間近く経っていた。

六時五〇分、三人が持っていた携帯電話が一斉に鳴り響いた。緊急連絡の電話である。

「緊急事態です、緊急。渋谷駅発田町駅前行きの城西バスがバスジャックされたとの通報あり。バスは現在、魚籃坂下バス停に停車中とのこと、至急現場へ急行せよ。なお、現在、被疑者は逃走中との情報あり、付近に警戒せよ」

石岡の表情が硬くなる。

「近くだな、すぐに行ってくれ」

能登川が「ドクターイエローを見かけても、いいことはなさそうですね」と言うと、続けて松阪が、「まあまあ、サクッと犯人を捕まえて、話の続きをしましょう」と言った。

その時、三人の目は鉄オタの目から刑事の目に変わっていた。

能登川と松阪は、庁舎の裏側から表へ走り、正面に停めてあった覆面パトカーに乗り込む。能登川は助手席に座り、赤色回転灯を車の屋根に乗せてスイッチを入れる。

「よし、緊急走行だ」

「はい」

覆面パトカーは、大きなサイレンの音を鳴らし走り出した。

「日曜の朝は車も人通りも少ないから早く着きそうだな」

「ええ、五分もかからないと思います」

覆面パトカーは第一京浜道路を疾走する。

魚籃坂下バス停が見えてきた。能登川が停車しているバスを指差す。

「あれかな」

バスの車内から女子高生が出てきて、覆面パトカーに向かって両手を上げ合図を送っている。

「警部、あの子が通報者ですかね」

「そうかも知れないね。しかし変だな。田町駅前行きのバスって聞いたんだが、行き先表示が〔城西観光　貸切〕になっている」

「ホントですね」

「でも、あのバスで間違いないようだから、バスの正面に車を停めよう」

「救急車も来ましたね。六時五五分、現着です」

やがてバスの周りは能登川と松阪の覆面パトカー、警ら隊のパトカー、救急車、鑑識の車で囲まれ、異様な光景となる。

パトカーを降りた能登川と松阪は、女子高生のもとへ駆け寄った。

「あなたが一一〇番通報してくれた方ですか」

「はい、そうです」

彼女は落ち着いた口調で返事をした。

彼女の後ろから救急隊員が、驚きの表情を見せて女子高生のもとへ駆け寄ってきた。

「この二人は、あなたが応急手当てをされたんですか」

彼女は戸惑った様子で応えた。

「あ、はい、私が手当てをしたんですが、何か間違った手当てをしてしまったのでしょうか」

「いえいえ、間違いではありません。完璧な応急手当てですよ。この方達は、きっと助かるでしょう」

彼女は、ほっと胸をなで下ろす。

松阪は、車内の様子を確認すべくバスに乗り込んだ。

「警部、これを見て下さい。被害者と思われる男性と運転士が応急手当てされて寝てますよ」

能登川も車内を見て驚いた。

「君、凄いね」

「私、白金台女子高校の看護科に通ってますので、少しでもお役に立ちたいと思い手当てさせていただきました。頭部から出血している方がいますので、早く病院へ」

「よし、分かった。身元確認に必要な所持品をお預かりして、すぐ救急搬送を」

男性の乗客と運転士の山川は病院へ救急搬送されていった。

「私は、田町警察署の松阪と言います」

と言って、松阪が女子高生に名刺を渡した。

「そして、こちらが田町警察署の能登川警部です」

能登川も名刺を渡すと、彼の決め台詞で自己紹介を始めた。

「川のようで、川じゃない。NOT《ノット》 GAWA《ガワ》です」

するとと女子高生は、能登川のダジャレによる自己紹介のわけが分からず、口をポカンと開けて見上げた。少しの沈黙の後、彼女は急に笑い出した。

「アハハ」

「おもしろかったかな」

と能登川が聞くと、

「いや、何だか分からないけど、とりあえず笑ってみました」

能登川はガックリと肩を落とし、小さな声で呟いた。

「NOT《ノット》 GAWA《ガワ》……ノットガワ……のっとがわ……のとがわ……」

「警部、気を取り直して次へ行きましょう」

松阪が能登川を励ます。しかし、能登川が立ち直るにはしばらく時間がかかることを知っている松阪は、能登川の代わりに女子高生に質問した。

「お名前を教えていただけますか」

「高塚舞と言います。これが学生証です」

差し出された学生証を見て松阪が言った。

「あの名門の白金台女子高校の生徒さんか。今日は日曜日だけど学校へ行くところだ

「はい、いつもは七時台のバスに乗るんですが、今日は部活のために始発のバスに乗りました」

「朝から大変な事件に巻き込まれてショックだろうけど、いろいろ聞かせてもらっていいかな」

松阪は優しく尋ねた。

「はい、大丈夫です。その前に刑事さん、このバスにはドライブレコーダーが付いているみたいですよ。これは今、再生できるのでしょうか」

彼女は、バスのフロントガラスに取り付けられているドライブレコーダーのカメラを指差しながら言った。それを見た松阪は、鑑識課の後藤を呼んだ。

「鑑識課長、このドライブレコーダーは再生できますか」

「ドライブレコーダーのメーカーはどこだ。Y社か。大丈夫だ、パソコンの中に再生ソフトが入っているから準備をしよう」

後藤はドライブレコーダーの本体からSDカードを取り出した。そして、鑑識課の所有するノートパソコンの準備を始めた。その時、松阪が能登川を呼んだ。

「警部、能登川警部」

自己紹介で言ったダジャレを笑ってもらえず落ち込んでいた能登川は、ようやく正気を取り戻していた。

「はい、何かあったっけ」

「警部、今バスに付いていたドライブレコーダーを再生する準備をしてますので、その間、通報者の高塚さんからお話を伺いましょう」

「おお、そうだね。お願いします」

彼女は、ゆっくりと話し始めた。

「渋谷駅のバス乗り場からバスが走り始めて、最初の交差点で信号待ちをしてる時に、運転席の真後ろの席に座っていた男の人が席から立ち上がって、運転席の横へ行って、運転士さんに話しかけました。話の内容は、車内アナウンス用のマイクのスイッチが入ったままでしたので、全部聞こえてました。犯人が爆弾らしき箱を見せてバスを止めるなって言った時、運転士さんがバスジャックをする気かって犯人に聞いたのに、その犯人は、自分は強盗だ、強盗だって言ったんですよ。それが、おかしくて、おかしくて、笑いをこらえるのに必死でした。その後、バスが急停車することがありました。その時、犯人は通路に立っていたんですが、手摺に掴まり損ねてフロントガラスまで飛んで行ったんです。その、ぶつかった時の衝撃だと思うんですが、持っていた爆弾らしき箱から出ているコードが一本切れているのが見えたんです。それを見た私は、あの爆弾らしき箱は、偽物じゃないかなと思いました。そして、もう一人の乗客の方の所へ行って、『あの爆弾、コードが外れてますね』と話したんです。するとその人は、『本当だ、偽物かもね』と小声で応えました。そして私に、『危いから後ろの席に座っていてね』と言ってくれました。その後、魚籃坂下バス停の手前にある交差点まで来た時、バスがまた急停車したんです。犯人は、バスの急停車で今度は床に倒れました。その時男性客が、持っていた鞄を振り上げて、犯人に向かって飛び掛かったんです。鞄は、犯人の頭を直撃して『ヤッター』と思ったんですが、犯人はすぐに立ち上がって今度は男性に掴み掛かりました。その後、バスが急発進したので、二人とも床に倒れてしまったんです。私が手当てをした男性は、その時頭を強く打ったみたいです。犯人の方は、再び立ち上がって、今度は運転士さんの方へ向かって突進してました。犯人が通路を歩いている時、バスがまた急停車して、犯人は再びフロントガラスまで飛んで行き、今度は顔面からフロントガラスにぶつかってしまったんです。バスが停車して、扉が開くと、犯人は前扉から降りて、バスの正面を右へ横切り、魚籃坂の方へ逃げたところまでは見ました。私を助けてくれた男の人を見たら、頭から出血してたので、応急手当てをして、すぐに通報したんですが、途中でスマホのバッテリーが切れてしまって、中途半端な通報になってしまって、ごめんなさい」

「いやいや、バッテリーが切れたのは仕方ないよ。よくあることだ。応急手当てもしてくれて、手掛かりもいっぱいあるから、この能登川のおじちゃんが犯人ちゃんをすぐに取っ捕まえちゃうから。なあ、松阪君」

「あっ、はい警部」

するると、近くにいた女性捜査員の高野と、鑑識課の宮内が能登川のもとへ来て言った。

「男性客は鞄を持ってたんですよね。鞄が見当たらないんですが」

「座席の下や、バスの車外も見ましたが、鞄がありません」

「おかしいな」

能登川が首をかしげる。

「ま、いいや、鞄はドライブレコーダーを見てから探そう。高野は沼《ぬま》さんと一緒に魚籃坂方面へ聞き込みに行ってくれないか」

能登川は高野刑事と、田町署では最年長の飯沼《いいぬま》刑事に聞き込み捜査の指示をした。

「ああ、ちょっと待った。これ持って行って」

鑑識課長の後藤が、飯沼と高野を呼び止めて言った。

「ドライブレコーダーの映像がダウンロードできました。容疑者らしき男の顔をプリントアウトしたから、これ持って行って」

後藤は、プリントアウトした男の顔写真を捜査員全員に渡した。

能登川は、その写真を高塚舞にも見せて確認した。

「この男で間違いないですか」

「はい、間違いありません」

「よし、行ってくれ」

次に後藤は、爆弾らしき箱について説明した。

「犯人が爆弾だと言って所持していた箱ですが、これ、爆弾なんかじゃないですよ。火薬は入ってませんし、目覚まし時計と箱の裏側に赤と黒のコードをテープで貼り付けただけの、酷いもんですよ」

「ほら、やっぱり偽物だ」

女子高生の高塚舞が箱を指差して得意気に言った。

次に、三浦刑事が、被害者の所持品を持って能登川のもとへやってきた。

「警部、被害者の所持品に免許証と社員証、名刺がありまして、身元が判明しました。乗客の名前は梛辻《なぎつじ》透さん。田町にある、西洋紡績東京支社で経理課長をされているそうです」

　三浦が被害者の所持品を能登川に渡した。

「西洋紡績、一流企業じゃないか。東京支社？　田町駅前の大きなビルは本社じゃなかったのか」

「本社は、福井県にありますね」

　能登川、松阪、後藤の三人は、西洋紡績の本社が福井県にあることを初めて知った様子で、被害者の所持品を確認しながら頷いていた。その時、能登川のスマートフォンが鳴った。電話の主は、田町署でバスジャック事件の捜査本部を立ち上げていた副署長の石岡だった。

「能登川君、大変なことになったよ。東海道本線の下を通る、高輪橋架道橋下の区道があるだろ。その区道で、男性が死亡してるとの通報があった。現場に応援を要請しておいたが、能登川君も高輪橋の方へ行ってもらえないか」

「はい、了解しました。高輪橋架道橋下区道へ急行します」

　能登川は、現場の捜査員に指示を出す。

「高輪橋架道橋下区道で男性が死亡しているとの通報があった。私と松っちゃんは高輪橋へ行く。三浦と大谷とでバスジャックの現場を頼む。それと、応援が来たら高塚さんを学校まで送ってあげて」

「はい、分かりました」

「よし、松っちゃん、行こう」

二人は再び覆面パトカーに乗り込み、魚籃坂から伊皿子坂《いさらござか》へと走り抜けて行った。

高輪橋架道橋下区道は、高さが一・五メートルしかない珍しい道路で、現在は、道路改良工事のために自動車の通行はできないが、歩行者と自転車の通行は可能となっていた。

松阪が覆面パトカーを運転しながら能登川に声をかけた。

「警部、凄い女子高生でしたね」

「うん、将来有望だね。彼女のお陰で手掛かりも多いし、この事件は早く解決するんじゃないかな。そうだ、魚籃坂方面へ聞き込みに行っている高野と沼さんを高輪橋の方へ来てもらうように伝えておこう」

「警部、もうすぐ着きますよ」

高輪橋架道橋下区道の現場には、既に何台かのパトカーが到着していて、入口には通報者らしき人と話をしている捜査員がいた。

「警部、こちらが通報してくれた方です」

「朝から嫌なものを見てしまって大変でしたね。この中？」

能登川が架道橋を指差す。

「はい、そうです。三〇メートル程入った所に男性が、うつ伏せで倒れてます」

「よし、行こう」

「警部、ここは一・五メートルの高さしかないから、やり難いですね」

「そうだな、ずっとうつむいてないと頭をぶつけるからな。あれかな」

能登川と松阪は変死体を見て驚いた。背の高い男性がうつ伏せに倒れていて、首の後ろにかんざしが突き刺さっていたのだ。

「警部、これ、かんざし一本で殺したんですかね」

能登川と松阪の後ろに、少し遅れて鑑識課長の後藤が到着した。その後藤が変死体を見て言った。

「これはプロの殺し屋の犯行かも知れませんね。詳しくは解剖してみないと分かりませんが、この薄暗い架道橋下で、背後から細いかんざし一本で、一撃で神経を切断して殺害するなんて、並の人間にはできませんよ。これが一ミリでもズレていたら未遂に終わってたでしょうね。もし、ズレた場所が体に良いツボだったら、殺すどころか健康になっちまう」

能登川は、大きな声で、手を叩いて言った。

「よし、分かった。犯人は必殺仕事人だ」

「警部、今時必殺仕事人なんているんですか」

松阪が冷静に言った。

「違うか……。しかし、ここにいると首をかしげながら捜査しなきゃならないから辛いな」

と能登川が言うと、鑑識課の一人がそれに応えた。

「そうだ、警部、鑑識課の車の中に、いいものがありますよ」

そう言って、車の停めてある方へ走って行った。しばらくすると、両手いっぱいにレジャー用の小さな折り畳み椅子を持って来た。

「皆さん、座ってやりましょう」

そう言って小さな折り畳み椅子を捜査員一人ひとりに渡し、皆で変死体を丸く囲むようにして座った。

「何だかこうしていると、冬のワカサギ釣りに行ってるみたいですね。以前、警部と、凍った湖に小さな穴開けて、何匹釣れるか競ったの思い出すなあ」

「そうだな。また行きたいな」

能登川と松阪がそんな思い出話をしていると、後藤が咳払いをして言った。

「能登川警部、そろそろ始めてよろしいでしょうか」

「あっ、はい、すみません」

鑑識係が写真を撮り始める。そして、能登川が後藤に質問をしようとしたところ、頭上を電車が通過した。

「あのー、これはー……」ゴーゴー、ゴーゴー
能登川と後藤は大声で話をするが、相手が何を言っているのか分からない。電車が通過し終えると再び静かになり、能登川は話を続けた。

「この男性はですね……」

すると再び電車が通過して、架道橋下は大きな音で話が聞こえなくなる。

「あのー、これはー……」ゴーゴー、ゴーゴー
しばらくすると電車は通過し終わって、再び静かになった。

「これじゃ進まないな」

能登川がそう言うと、鑑識課の一人が言った。

「いいものがありますので取って来ます」

そう言うと、再び鑑識課の車が停まっている所へ走って行った。しばらくして、彼が拡声器を両手いっぱい持って来た。

「皆さん、電車が通過してる時は、これを使って下さい」

そう言って捜査員に渡した。

「鑑識課って、いろんな物を持ってるんですね」

松阪は尊敬の眼差しで鑑識課の人達を見た。

「さあ、始めますよ」

引き続き後藤は変死体を調べる。それを見ていた能登川が後藤に言った。

「体を横にして、お顔を拝見してもよろしいでしょうか」

「ええ、いいですよ」

うつ伏せの変死体を横にして、ライトで顔を照らした。

「ああ、コイツ、バスジャックの犯人じゃないか。顔写真、顔写真」

後藤から配られた顔写真を見て確認する。

「警部、何でこんな所でバスジャック犯が殺されてるんでしょうか。逃走中に偶然通り魔に遭遇したと考えられなくもないですが、魚籃坂下バス停から高輪橋の架道橋下までの距離は、歩いたとしても一〇分程の距離です。バスジャック犯が複数いた可能性も出てきますね」

「それにしても、何で殺されたのかが疑問だな。仲間割れか？」

能登川は男の服のポケットから所持品を探し出し、黒い二つ折の財布を開けてみる。

「現金は二万円少々か。現金は取られてないようだから、物取りの犯行ではないな。そして、免許証と、これは社員証かな。何、西洋紡テキスタイル関東工場新村《にいむら》鉄男。この男も西洋紡じゃないか。どうなってるんだ。これは偶然か、それとも何か関係あるのかなあ」

更に財布の中を探していると、電車の乗車券と、指定席特急券が出てきた。

「何々、九月二日発、こだま731号で東京から米原《まいばら》。当日乗り継ぎで、しらさぎ59号で敦賀《つるが》までの片道切符だ。しかし何故、東京から米原まで行くのにこだま号なんだ。普通はひかりだろう」

「警部、今日は九月一日ですから、この切符は、明日乗車する切符ですよ」

「この乗車券は、いつ、どうやって購入されたものか調べる必要があるな。後で田町駅に行って聞いてみよう」

「警部、西洋紡と福井行きの切符。これは偶然ではなさそうですね」

「バスジャックの被害者と、この犯人は西洋紡で繋がっている。西洋紡の本社は福井だから、敦賀行きの切符で繋がっている。これは何だか厄介なことになってきたぞ」

能登川の目が厳しくなった。

鑑識課の後藤が何かに気付いた様子で、変死体の手を指差して言った。

「この男性、右手に何か握ってますね。手を開いてみましょう。小さなメモ用紙が出てきた。何か書いてあるぞ、『サザエでございまーす』って、何だこれ」

捜査員一同、目が点になった。能登川は拡声器を口元へ持って行くと、再び頭上を電車が通過する轟音が架道橋下に響き渡った。

「サザエでございまーす、って何だー」

拡声器の声は、電車が通過する音よりも大きく架道橋下の区道に響き渡った。

電車が通過して静かになると、高輪橋架道橋の西側から、何者かが近づいてくる足音が聞こえてきた。それは警察犬を連れた捜査員だった。捜査員に連れられた警察犬は、名警察犬として名高い成田号だった。

「石岡副署長からの出動命令でやってきました」

能登川は警察犬成田号の頭を撫でながら、子供っぽい話し方で声をかけた。

「おお、成田号久しぶりだな。能登川のおじちゃんだよ、覚えてるか?」

成田号は首をかしげながら、能登川の顔を見てワンと吠えて応えた。

「おお、そうか、覚えていてくれたか。それでは早速成田号よ、この凶器に、犯人ちゃんの臭いが付いているだろうから、クンクンして、どっちへ逃げたか教えてちょうだい」

警察犬成田号に『犯人ちゃん』と言う能登川の変わりように、捜査員全員の目は再び点になっていた。

成田号は凶器のかんざしから犯人の臭いを嗅ぎ取ると、変死体の周りをぐるりと一周してから、今入って来た方向へ戻るように歩き始めた。

架道橋下の事件現場は、港南側に行けば出口は近いので、西側の第一京浜道路がある方向に成田号が歩いて行ったのは意外に思えた。それは、線路と平行して大きな道路があるからで、人目につきやすそうに思えたからである。

成田号は高輪橋架道橋下区道を出て、第一京浜道路に突き当たると右へ曲がり、高輪大木戸跡の交差点付近で立ち止まり、能登川の周りをぐるっと回ってから、彼の顔を見上げてワンと吠えた。

「おお、成田号よ、犯人ちゃんの足跡は、ここで終わっているのか？　犯人ちゃんはタクシーでも拾っちゃったのかな」

成田号が、高輪大木戸跡交差点付近で立ち止まった時、田町署の大野刑事と、女性捜査員である村上刑事、そして魚籃坂付近で聞き込みをしていた、飯沼刑事と高野刑事が合流した。その時、能登川が言った。

「今、成田号と一緒に犯人の足跡を追ってきたが、どうやらこの辺りで臭いが途絶えているみたいだ。ここからは手分けして調べよう。大野と村上とで、品川周辺を営業区域にしてるタクシー会社に行って、今日の午前七時頃、高輪大木戸跡交差点付近でタクシーに乗った者がいないか調べてくれ」

「はい、分かりました」

「沼さんと高野とで、西洋紡の関東工場へ行ってもらえないか。架道橋下の変死体は、西洋紡関東工場に勤める新村鉄男という男で、バスジャックの犯人だ。どんな人物だったのか聞いて欲しい。それと、病院に搬送された被害者二人の様子を見に行ってくれないか」

「はい、分かりました」

「それから、私と松っちゃんは、変死体の所持品である、敦賀行きの乗車券の謎を調べた後、西洋紡の東京支社へ行ってくる。あと、いつ福井へ行くか分からないから、みんな、そのつもりでいてくれ」

「はい、分かりました」

午前一〇時、能登川と松阪は田町駅へ向かっていた。

駅事務室へ案内されると、田町駅駅長が対応に出てきた。

「田町駅の駅長をしております矢島と申します。今日は、どういったご用件でしょうか」

「実は、今朝七時頃に、高輪橋架道橋下の区道で殺人事件がありました。亡くなられた方の所持品の中に、乗車券と指定席特急券がありまして、これが何だか妙なんです。切符は今、警察署で預かってますので、コピーで申し訳ないのですが、これを見て下さい」

能登川はカラーコピーした切符を駅長に見せた。

「明日、九月二日の出発分で、東京から米原までが、こだま731号の11号車11番E席。米原からは、特急しらさぎ59号の指定席で、2号車11番D席で敦賀まで行くことになってるんです。普通、新幹線を利用して旅行に行くなら、ひかり号で米原まで行き、そこからしらさぎに乗り換えると思うんですが」

駅長は、コピーされた切符の内容を見る。

「確かに変ですね。二週間程前に当駅で購入されていますね。この日に窓口を担当した者がおりますので呼んで参ります。それと、もう少し詳しく調べてきますので、このコピーをお預かりします。しばらくお待ち下さい」

「よろしくお願いします」

しばらくすると、駅長と、特急券を発券した日の窓口を担当していた駅員が事務室へ入ってきた。

「お客様係の栗山《くりやま》と申します。この切符を買った人ですよね。おかしな買い方をするからよく覚えてますよ。背の高い男性で、希望の列車が、あらかじめメモに書かれてありまして、そのメモを見ながら発券したんですが、そのメモの内容は九月二日、こだま731号、東京から米原まで、指定席11号車、前から一〇番目位の窓側。しらさぎ59号、米原から敦賀まで、指定席2号車、前から一〇番目位の窓側と書かれてありました。お調べしたところ、こだま号も、しらさぎも10番の席が既に売れてましたので、11番でも良いかとお尋ねしたところ、それでいいと言っていただけましたので、こだま号は11番のE席、しらさぎは11番のD席でお取りしました」

能登川はメモを取りながら、更に尋ねた。

「こんな時間のかかる列車の乗り方をするお客さんはいるんですか」

「いや、珍しいと思います」

　駅員は即答した。

「実は、今回の事件、福井に何か関係があるのではないかと考えております。私達も明日、こだま731号と、しらさぎ59号に乗ってみたいと思うんですが、11号車で捜査員四名分の空席はありますか」

「それでは別室に団体向けに使っている端末がありますので、ご案内します。こちらへどうぞ」

　能登川と松阪は別室へと案内された。

「この端末は、団体や、電話予約を受けた時に使っているものです。明日のこだま731号の11号車に空席はありますが、11号車ですと、バリアフリーに対応した車両になっていますので、客席は一三列しかありません。一般的な普通車ですと二〇列あるんですが、11号車は車両の約半分が多目的ルームやバリアフリー対応の化粧室になっておりますので、客室が狭いんです。捜査員の方が四名乗車されますと目立ちませんかね」

「それでは、二名だけ11号車の指定席、私達二名は、自由席特急券で結構ですので、発券していただけますか」

いなあ」

「警部、警部と僕は自由席なんですか。もし満席で座れなかったら、米原まではきつ

「大丈夫ですよ。東京から名古屋までの間が満席になることはありますが、ほとんどの方が名古屋で降りられますので、名古屋からは座れると思いますよ。それと、多目的ルームが空いていれば、警察の方に使っていただけるよう、車掌に伝えておきますので」

「しらさぎも二名分は自由席で」

「それでは両列車共に13番のA・B席でお取りします。あれ、おかしいな。11番E席の切符を発券した時も、今も、通路側の席はほとんど空席なのに、11番D席が売れている。ちょっと調べてみますね」

駅員は、隣の席の乗車区間を調べた。

「刑事さん、これは珍しいですね。一週間程前に東京駅で発券されてるんですが、明日のこだま731号で、11号車11番D席が東京から米原まで、乗り継ぎはしらさぎ59号の2号車、11列の通路側C席で福井まで発券されています。これは偶然とは思えませんね」

「あの男が買った指定席の隣の席に、東京から福井まで同じ人物が座るってことか、

しかも、こだま号にだ。ますます妙だな。よし、明日は東京駅から張り込みだ。松っちゃん、東京から福井までの切符、片道でいいから、四名分立て替えて払っておいてよ」

「警部、ぼっ、僕がですか?」

「大丈夫、領収書があればすぐ戻ってくるから」

「警部……」

第三章　捜査会議

午前一〇時三〇分、能登川と松阪が田町駅の駅事務室から出てきた。その時、能登川のスマートフォンに着信が入った。電話の相手は副署長の石岡だった。能登川はすぐに電話に出る。

「何か収穫あったか?」

「いいえ、まだ何もありません」

「そうか、今どこにいる」

「現在、田町駅に来ておりますが、今から田町駅前にある、西洋紡の東京支社へ行くところです」

「そうか、ちょうどいい。こちらから事件の一報を西洋紡の関係者に伝えたんだが、今日は日曜日で会社が休みのところ、急遽専務さんが駆けつけてくれるそうだ。専務さんの方からいろいろ聞いてもらえないか」

「はい、分かりました」

「それと、今日の一六時から捜査会議をやりたいと思うんだが、大丈夫か」

「はい、大丈夫です」

「そうか、捜査会議の件は、私の方からみんなに伝えておく。西洋紡の聞き込み、よろしく頼むよ」

「はい、分かりました」

「それじゃ、松っちゃん、西洋紡へ行こうか。副署長が西洋紡の関係者に連絡してくれたみたいで、日曜日で会社が休みのところを専務が出てきてくれるそうだ」


午前一一時、能登川と松阪は、西洋紡績東京支社に着いた。一階ロビーの自動ドアから入ると、受付には警備員がいて、二人を呼び止めた。

「すみません、今日は休みなんですが、何かご用でしょうか」

「突然お伺いして申し訳ありません。私達は田町警察署の者です。実は、今朝早くバスジャック事件がありまして、こちらの従業員の方が被害に遭われたんです。その被害者についてお伺いしたいことがありまして」

「ああ、警察の方でしたか。今、専務が出社しておりますので連絡いたします」

西洋紡の警備員は専務宛に内線電話をかけ、五階の会議室へと案内した。能登川と松阪が会議室に入ると、そこには美しい一人の女性がいた。年は二十代後半といったところだろうか。

「警察の方ですね。わたくし、西洋紡の専務取締役をしております田中ひかりと申します。私のような者でよろしければ、全面的に協力させていただきます。ただ私、三ヶ月程前に異動したばかりで、不慣れではございますが」

田中ひかりは能登川と松阪に名刺を渡した。その名刺を見て、能登川が言った。

「驚いた。お若いのに大企業の専務取締役をされてるんですか」

「実は、私の父がこの会社の会長兼社長を務めておりまして、母が副社長なんです。私がこの西洋紡の五代目になる予定なんですけど、現在、実力で専務をやってるんではなくて、実は……なんにもセンムなんです。アハハハ……」

田中ひかりの『なんにも専務』発言に、能登川と松阪は出ばなをくじかれ、肩をガックリと落とし戦意を喪失してしまった。能登川が小声で松阪に言った。

「ここは笑うところか」

松阪も小声で返した。

「笑った方がいいかも知れませんね」

小声で打ち合わせしたものの、二人は苦笑いするしかなかった。

そして、能登川も名刺を取り出して自己紹介をするのだが、能登川は、田中ひかりの『なんにも専務』発言に対抗すべく、いつもの決め台詞で自己紹介した。

「申し遅れました。わたくし、田町警察署で、刑事課の課長をしております。川のようで、川じゃない。NOT《ノット》 GAWA《ガワ》です」

能登川は警察官の身分証と名刺を田中ひかりに見せて、決まった、と思った。しかし、今朝女子高生の高塚舞に自己紹介した時に、能登川のオヤジギャグが理解してもらえなかったことが脳裏をよぎった。ところが、田中ひかりは高塚舞とは違っていた。

「警部、能登川宗太郎……わあ、凄い。東海道本線の能登川駅と、日豊本線の宗太郎駅、二つの駅名がお名前に入っているじゃないですか。凄ーい」

能登川は嬉しかった。能登川という苗字と、宗太郎という名前が駅名であると分かる人に初めて出会えたからだ。能登川は調子に乗って、大切に持ち歩いている、能登川駅から宗太郎駅まで実際に使用した乗車券をパウチ加工したものを見せて自慢した。

「これを見て下さい。じゃーん、切符が名刺代わりにもなるんですよ」

田中ひかりは目を輝かせながら、乗車券に記載されている経由地を読み上げた。

「能登川駅から、東海道本線、山陽本線、岩国から岩徳線、櫛ヶ浜から再び山陽本線で小倉、小倉から日豊本線で大分を通って宗太郎駅。片道運賃は、一万一八八〇円。凄いですね。羨ましいです。私、今すぐにでも旅に出たくなりました」

能登川は、田中ひかりが目を輝かせてパウチ加工した使用済み乗車券を見つめているのを見て、かなりの鉄道ファンであると見抜いた。

二人が盛り上がっているところに、松阪が遠慮気味に自身の名刺を差し出して話に割り込んできた。

「申し遅れましたが、私は田町警察署の松阪と申します。実は私、松阪一志と申しまして、私も使用済みの乗車券を名刺代わりにすることができるんです」

そう言って松阪も、パウチ加工した使用済み乗車券を田中ひかりに見せた。

「あ、本当だ。松阪駅から名松《めいしょう》線の一志駅まで、二四〇円。カワイイデス。でも、駅名の正しい読み方としては、マツザカではなくて、マッサカですよね。そして名前の方は、カズシではなくて、イチシと読むんですよね」

松阪は、田中ひかりの正しい指摘に段々と目が潤んできて、とうとう能登川の肩で泣き出してしまった。

「よしよし、大丈夫だよ。マッサカイチシ」

能登川には、松阪を慰めるつもりはないようだ。そんな松阪を見て田中ひかりは言った。

「でも、名松線って、いいですよね。台風被害から復旧して、運行再開した一番列車に私、乗りに行きましたよ。伊勢奥津まで」

田中ひかりの言葉を聞いて松阪が泣き止んだ。

「ホント、本当に伊勢奥津まで！」

「ホントですよ」

田中ひかりは、スマートフォンに保存されている写真を日付で検索し、開いて見せた。

「忘れもしないわ、二〇一六年の三月二六日。ほら、見て下さい」

その写真は、伊勢奥津駅に停車している車両の前で、田中ひかりが満面の笑みを浮かべ自撮りしたものだった。

「あ、本当だ。凄い、凄い」

松阪は嬉しかった。しかし、田中ひかりは急に寂しげな表情になって言った。

「でも、羨ましいですわ、駅名でフルネームになる切符ができるなんて。私の苗字の田中は、第三セクターの信州《しんしゅう》鉄道にある田中駅で、名前は山陽本線の光駅ですから、通しで乗車券は作れません。しかも、私の名前は平仮名で『ひかり』だから、切符が作れるお二人が羨ましいです」

　田中ひかりは、今にも泣き出しそうな目になった。

「私には、ひかりがあっても、のぞみがないの」

　田中ひかりは、名前とは関係のないのぞみの名を出して、「望みがない」と言ってから、とうとう大きな声をあげて泣き出してしまった。

「ああ、ひかりさん泣かないで、泣かないで。大丈夫、大丈夫、ひかりは静岡県の人に愛されているから。静岡県には新幹線の駅が六つもあるのに、のぞみは停まらないけど、ひかりは停まるからね」

　能登川が田中ひかりにハンカチを差し出した。

「そう、そうですよね」

　田中ひかりに少しだけ笑顔が戻ってきたが、涙は止まっていなかった。

　その時、会議室の扉が突然開き、一人の男が入ってきた。その男性は西洋紡績の会長兼社長であり、田中ひかりの父親でもある田中高光《たかみつ》だった。田中高光は、普段は福井にある本社で仕事をしているのだが、早朝に事件の一報を聞いて、福井を七時三九分に発車するしらさぎ54号に乗り、米原でひかり６４２号に乗り継いで品川に一一時五分に到着し、東京支社へ駆けつけていたのだった。

「ひかり、何泣いているんだ。工場の社員が殺されるという大変な事件が起きたんだぞ、お前がしっかりしないでどうするんだ」

田中高光は、田中ひかりが泣いているのは、新村鉄男が殺されたことに対して泣いているのだと思ったのだ。しかし、田中ひかりはそうではなくて、自分の名前のことで泣いていたのだと、社長である父親の田中高光に言うことができなかった。

田中高光が能登川と松阪の方へ振り返って言った。

「これはこれは、お見苦しいところをお見せして申し訳ありません。わたくし、西洋紡績の代表をしております田中と申します。今朝、事件の第一報を受けまして、福井から駆け付けて参りました。本来ならば当社の副社長、実は、私の家内なんですが、副社長も私と一緒に来る予定でしたが、今日は、私共の社運がかかった新商品の発表会がありまして。私は『部下に任せとけ』と言ったんですが、業務の引き継ぎにもたついているとのことで、三時間程遅れてこちらに来る予定です。先程電話で、福井駅を一一時三六分に発車する、しらさぎ58号に乗ったと連絡がありました。米原で、ひかり650号に乗り換えて品川には一五時五分に到着する予定です。現場のことに関しましては副社長の方が詳しいと思いますので、副社長の方から話を聞いてみて下さい。ほら、ひかりの方からも刑事さんに経理課長のことを説明しなさい」

「はい、栩辻透さんは、長年経理を担当していただいている、我が社の金庫番です。高輪橋架道橋下で亡くなった新村鉄男さんは、ウチの子会社の西洋紡テキスタイル関東工場の社員ですので、東京支社では新村さんのことは分かりません。明日にでも工場長に来てもらいますので、工場長から聞いて下さい」

能登川と松阪は会議室を出て、西洋紡績東京支社を後にした。能登川が松阪に言った。

「一つだけ分かったのが、田中ひかり専務は筋金入りの鉄道ファンであることだな」
「そうですね、警部」
「帰って捜査会議でもやるか」
「何の収穫もなかったですけどね」

一六時、田町警察署の二階にある会議室では捜査会議が始まろうとしていた。捜査本部の本部長を務める石岡と能登川が会議室に入室し、会議室の前方にある黒板の前まで行って、捜査員達と向かい合わせる位置に立った。
「起立、礼、着席」

能登川が黒板の前に立ち、話を始める。

「これより、路線バス　バスジャック事件並びに、高輪橋架道橋下殺人事件の捜査会議を始める。会議を始める前に、残念な話をしなければならない。バスジャック事件の被害者である栁辻透さんが、つい先程一五時三〇分、搬送先の病院で、容態が急変し亡くなられたとの連絡が入った。重要な目撃者を失って、大変残念である」

会議室にいる捜査員達がどよめいた。

「今回発生した事案は、早朝にバスジャック事件が発生し、乗車していた乗客一名が死亡。そして、バスジャックを首謀したと思われる被疑者が、高輪橋架道橋下の区道で殺害され発見された。バスジャック事件と、高輪橋架道橋下で犯人が殺害されているのが発見されるまでの時間は、僅か一五分。このように短時間で二つの事件が発生し、二名が亡くなるという実に不可解な事件だ。それに、我々がいる田町警察署から、直線距離で二キロ程しか離れていない場所で発生している。これは、田町署に対する挑戦かも知れないので、みんな心してかかって欲しい。それでは順番に報告してもらおう。病院に搬送された城西バスの運転士の事情聴取に行ってもらった、三浦から話してもらおうか」

「はい、路線バスに関しましては、バスにドライブレコーダーが搭載されていましたので、そちらを見ていただきながら説明します。事件発生直後、運転士の山川さんは、まず事件の発生を外部に伝えようとして、緊急無線を入れるなどして、車内の様子を営業所に伝えようとしたんですが、この日は不幸なことに、普段使用している車両が始業前に突発的なトラブルが発生して、予備の車に乗り換えなければならなくなったそうです。それも、今から二十年程前に製造された古いバスで、今では新人運転士の教習用として使われている車両しかなかったとのことです。この時、この車両の無線機は、電源が入ったり切れたり、接触不良のような状態で使えなかったそうです。次に山川さんは、バスの行き先を示す方向幕に異常発生を知らせる表示があるので、方向幕で外部に伝えようとしたんですが、ドライブレコーダーの映像を見て下さい。手元を拡大してみます。一度は異常発生を知らせる表示に合わせたみたいなんですが、最後の一押しをした後、バスの振動で『送る』ボタンに指先が触れてしまい、表示が一コマ進んでしまいました。そのため山川さんは、〔城西観光　貸切〕の表示になっているのに気付かず走り続けることになってしまったんです。表示が貸切になっていることで、バス停でバスを待っている人達は、バスの異常に気が付かなかったのではないでしょうか。そして、バスは魚籃坂下バス停まで行ってしまうんですが、山川さんは、停車して扉を開けたところまでは覚えているとのことでしたが、その後は犯人に突き飛ばされ、気を失ったため何も覚えていないそうです」

三浦刑事が話をしている間、ドライブレコーダーの映像は、高塚舞が一一〇番通報をしている場面を映し出していた。

そこで、能登川が言った。

「一一〇番通報中にバスが少し動いたんだな。運転席まで駆け寄って、ブレーキ操作までされている。大谷君、女子高生はどうだった」

「はい、その後、病院へ行って健康状態に異常はないと言われました。でも一応、今日は休むよう勧めましたが、本人が大丈夫と言うので学校まで送りました」

「そうか、それじゃ三浦君、ドライブレコーダーの映像を魚籃坂下交差点のところまで戻してくれる？　バス停にバスを待つお客さんが一人写ってるよね。この人のこと聞いてくれた？」

「はい、この映像を拡大してプリントしたものを、城西バスの営業所にいらっしゃった運転士さんや山川運転士、高塚舞さんにも確認してもらったんですが、初めて見かける女性のようで、バスの後ろの扉が開いて、被害者の男性が床に倒れている姿を見ると、キャーと叫んでバスの後ろの方へ走り去って行ったそうです」

三浦は、バスを待っていた女性の顔写真を捜査員に配った。

「この女性に話を聞きたいなあ。魚籃坂周辺に住んでないか聞き込みに行ってくれないか」

「はい、分かりました」

「それでは、次は、西洋紡の関東工場に行ってもらった沼さんの方から話を聞かせてもらおうか」

「はい、新村鉄男は昭和四八年、福井県敦賀市生まれの四八歳。高校を卒業後、西洋紡績に入社。以前は敦賀工場で勤務していたんですが、五ヶ月前に西洋紡テキスタイル関東工場に出向。とにかく真面目で口数が少ないため、存在感がなかったそうです。解剖の結果、死因は首の神経を鋭利なかんざしで切断されたことは間違いないそうです。それと、新村鉄男はバスの車両でおかしな言動をしていましたので、薬物による中毒も疑ってみましたが、遺体からは薬物は検出されませんでした。事件現場の高輪橋架道橋は現在、再開発のために工事中で、人や自転車は通れますが、自動車は通行止めとなっています。日曜日の早朝だったということもあって、通行人は少なかったみたいで、今のところ目撃者は出ておりません。防犯カメラも移設工事中で作動しておりませんでした」

「次は、タクシー会社を調べてもらった大野君、どうだった」

「はい、品川周辺を営業区域にしているタクシー会社を調べましたが、今朝、高輪大木戸跡交差点付近から客を乗せたというタクシーはありませんでした」

現時点での手掛かりの少なさに頭を抱える能登川だったが、続けて言った。

「それでは次に、新村鉄男の所持品について、私の方から説明しよう。新村の財布の中に、明日東京駅を出発するこだま731号と、米原で乗り継ぎとなるしらさぎ59号の指定席特急券、それと、東京から敦賀までの片道乗車券があった。普通、新幹線で敦賀まで行く場合、ひかりやのぞみを使って乗り換え駅まで行くと思うのだが、何故か各駅に停車するこだま号の切符で東京から米原へ行き、しらさぎに乗り継ぐ形で切符を購入している。何故このような切符の買い方をしているのかは今のところ見当はついていない。新村の持っていた切符は、こだま号も、しらさぎも窓側の指定席なのだが、田町駅でこの切符のことを調べたところ、興味深いことに、新村の隣の席、つまり通路側のこだま731号11号車11番D席、そしてしらさぎ59号2号車11番C席が東京から福井まで発券されていることが分かった。新幹線の指定席だけならば、偶然新村の隣の席が発券されたのだろうと思うのだが、行き先は違うが、乗り換え列車のしらさぎ59号まで新村の隣の席が発券されているとなると、単なる偶然とは思えない。誰かが意図的に新村の隣の席を押さえたのではないだろうか。私は明日、東京駅から、このこだま731号と、しらさぎ59号に乗ってみようと思っている。福井にある西洋紡績の本社と、敦賀工場も調べたいと思っているから、四名分の乗車券を用意した。大野君は福井の出身だったね。私には土地勘がないから一緒に来てもらえないかね」

「はい、分かりました」

「私と松阪、大野君と村上さんの四人で行こう。それともう一つ。新村は、右手にメモ用紙を握り締めて死んでいた。そのメモの内容は、『サザエでございまーす』だ。筆跡鑑定によると、新村の字で間違いないのだが、意味が全く分からん」

何かの暗号とも思えるメモのメッセージに、捜査員達はざわついた。能登川が次の話を始めた。

「次に、西洋紡績の東京支社に行ってきたのだが、今日は休日で会社が休みだったため、急遽、専務の田中ひかりさんと、会長兼社長の田中高光さんに駆け付けていただき、お二人から話を伺うことができた。それと、福井におられる副社長も東京支社に来るそうなんだが、少し遅れて到着するそうなので、明日にでも会ってみようと思う。実は、社長と専務に会うことはできたのだが、社長はほとんど福井の本社にいるから、栁辻透や新村鉄男のことはよく知らないんだ。専務の田中ひかりさんは、三ヶ月程前に本社から東京支社に異動したばかりだそうで、専務もまた栁辻透や新村鉄男のことをよく知らない。東京支社や現場のことに関しては、副社長が一番詳しいとのことだった。ただ一つ分かったのは、専務の田中ひかりが鉄道に詳しいこと。私は彼女が、筋金入りの鉄道ファンであると睨んでいる。だって私と松阪の名前を見た途端、東海道本線の能登川駅と日豊本線の宗太郎駅だ、とか、名松線の松阪駅と一志駅だって言って、すぐ見抜いちゃうんだもん」

能登川が話をしているところに、東北出身の沼さんこと、飯沼研二刑事が突然、東北弁で質問した。

「ほんなら警部といい勝負するんべか」

能登川がそれに応えた。

「いや、私は負けるかも知れない」

「じぇ、じぇ、じぇ、警部よりすげえ鉄道ファンがいたべか。ほぇー」

捜査会議の張り詰めた空気が一変する。最初はクスクスという小さな笑い声が聴こえていたかと思うと、笑いをこらえることができなくなった捜査員達が一斉に笑い出して、会議室は爆笑の渦と化した。

その笑い声は、一階にある来庁者窓口にまで響き渡っていた。

第四章　謎の超特急

九月二日、月曜日。能登川と松阪は、早朝の渋谷駅東口バス乗り場にいた。

「警部、昨日の女子高生に会うんですか」

「会えるといいねえ。六時三〇分発の田町駅前行きに一緒に乗る約束はしてないから。今日は平日だけど、同じ時間のバスに乗ってみれば何か見えてくるんじゃないかと思ってね」

しばらくすると、遠くの方から手を振って近づいて来る女子高生がいた。高塚舞だ。

「昨日の刑事さん、おはようございます」

「おはようございます。今日も始発のバスに乗るの?」

「はい、少し早めに学校へ行こうと思って。刑事さんも始発のバスに乗るんですか」

「たまにはバス通勤もいいかなと思ってね。田町駅の近くに田町警察署はあるし。それより、昨日はありがとね。バスのドライブレコーダーの映像で観たんだけど、一一

○番通報中にバスが動いたのかな、サイドブレーキを操作してバスを停めてくれたんだね。ブレーキのレバーがどれなのか、よく分かったね。大手柄だよ」
　高塚舞は照れくさそうに言った。

「実は、私の父も城西バスの運転士をしてまして、池袋営業所なんですが、小さい頃から父の運転を見てまして、何となくコレかなと思って操作してみたらブレーキが掛かりました」

「警部、バスが来ましたから乗りましょうか」

「はい、乗りましょう」

　高塚、能登川、松阪は、前扉から乗車し、ＩＣカードをタッチさせた。

「舞ちゃん、できたら昨日と同じ席に座ってくれる」

「はい、私は一番後ろの席が好きなんです。右側か左側かはその日の気分で変わるんですけど、昨日は一番後ろの進行方向に向かって左側の窓側に座ってました」

「昨日、応急手当てをしてくれた男性客の椥辻さんは残念だったね」

「亡くなったんですってね。私が爆弾は偽物じゃないかなんて、余計なこと言わなければ死なずに済んだかも知れないのに……」

　今にも泣き出しそうな高塚舞に、松阪が優しく声をかけた。

「ごめんね、嫌なことを思い出させてしまって。ただ、もう一つ教えて欲しいんだけど、椥辻さんが鞄を振り上げて犯人に立ち向かった後、後ろの扉付近で倒れたよね。そして、バスは魚籃坂下バス停に停車するんだけど、その時、バス停には、バスを待つ女性が一人いたんだけど、あの人はバスに乗ってこなかった？」

松阪は、ドライブレコーダーの画像をプリントアウトした顔写真を見せた。

「バスに乗って来たかどうかは分かりません。バスの後ろの席は床が少し高くなっているから、上から見下ろすことはできるけど、扉の近くには通路と座席を区切る仕切り板があるから、ここからでは入口も出口も見えません。キャーって叫び声が聞こえたのは覚えてますが」

「実は、椥辻さんが持っていた鞄が見つからないんだ。バスの中も外も、よく調べたんだけど。もし、誰かが鞄を持って行ったとすると、この女性ぐらいしか考えられないんだ」

「あっ、私、次の三光坂下《さんこうさかした》で降ります」

「もうバスが着くね。今日は朝からいろいろと、ありがとうね」

高塚舞は下車した後、車内の能登川と松阪に向かって手を振っていた。

「さて、我々は終点まで乗って、西洋紡東京支社へ行こう。昨日は副社長に会えなかったけど、今日は会えるかな」

六時五五分、田町駅前行きのバスは、田町駅前にある降車専用のバス停に到着した。

能登川が腕時計を見た。

「こだま731号の発車時刻まで時間はたっぷりあるし、西洋紡の東京支社に寄っていこう」

「警部、まだ七時前ですけど、副社長は出社してますかね」

「副社長がいなければ、中で待たせてもらえばいいさ。行ってみよう」

能登川と松阪は、田町駅前にある西洋紡績東京支社へ向かった。

一階ロビーの自動扉から中に入ると、受付カウンターには警備員がいた。昨日の警備員とは違う人のようだ。警備員が二人の所へ近づいてくる。

「まだ営業時間になっていないのですが、何かご用でしょうか」

「実は私、田町警察署の者でして、昨日この近くで発生した事件についてお聞きしたいことがあって、昨日もお伺いしたのですが、副社長にお会いすることはできますでしょうか」

「警察の方でしたか、朝早くからご苦労様です。副社長でしたら社内で対策本部を立ち上げておりまして、今朝早くから出社しております。今、会議室にいると思いますので、連絡を取ってみます」

　警備員が内線電話の受話器を取り連絡を入れた。

「副社長は会議室におりますので、ご案内します」

　能登川と松阪は五階の会議室へと案内された。昨日、専務取締役の田中ひかりと会った会議室は、事件の対策本部になっていた。警備員がドアをノックし、能登川と松阪を中へ案内すると、そこには凛とした印象の女性と、作業服姿の男性がいた。その二人が能登川と松阪の前までやってきた。

「この度は、私共の従業員がとんでもない事件を起こしまして、申し訳ございません。わたくし、西洋紡績の副社長をしております、田中平子《ひらこ》と申します」

「私は、西洋紡テキスタイル関東工場で工場長をしております松田と申します」

　能登川達は田中と松田と名刺交換をし、会議室内の大きな机を挟んで向かい合うようにした席へと案内された。

　そして、能登川は捜査メモを取り出して話を始める。

「今回の事件は、何とも不可解な事件でして、とりあえず、椥辻さんと新村さんのことについて教えていただきたいのですが」

　副社長の田中は椥辻の資料を、工場長の松田は新村の資料を取り出した。そして、田中から話を始めた。

「栁辻は、当社に入社してからずっと経理を担当してもらってました。元々は福井の本社におりましたが、五年程前に東京支社に来てもらい、それ以来東京でも当社の金庫番として、ずっと経理を担当してもらっていました。近年は事業の多角化で、アパレル部門や、製薬部門の色の方が濃くなって、彼には負担を掛けていたのかも知れません」

　すると松阪が、不思議そうな顔で尋ねた。

「アパレル部門と、製薬部門ですか」

「ちなみに今、私の着ている服なんですが、生地は当社独自の高機能繊維を使用し、デザインはワタクシが担当いたしましたのよ。いかがかしら、刑事さん」

　田中平子は、ファッションモデルのようなポーズを決めて、派手な服を自慢してみせた。

　次に、工場長の松田が新村のことについて話を始めた。

「関東工場に勤務しておりました新村鉄男ですが、以前は敦賀工場に勤務しておりましたが、五ヶ月前の今年四月に関東工場に出向してきたばかりです。敦賀工場は常に新しい技術で製品を製造しておりまして、その製品の技術指導で来てもらったんですが、とにかく口数が少ないものですから、何を考えているのか分からない社員でした。関東工場の新村が所属する部署は、土日も休まず操業する部署なんですが、新村は先週の土曜日から一週間の休暇届を出しておりまして、会社を休んでいました」

能登川は、新村が持っていた乗車券のコピーを鞄の中から取り出した。

「新村さんは敦賀の人だったんですか。どうりで、新村さんの所持品に敦賀行きの切符があったのも納得できます。これは新村さんが持っていた切符のコピーなんですが、この切符が少々変なんですよ。ここを見て下さい」

能登川はこだま号の指定席特急券を指差す。

「今日の日付の、こだま731号。普通なら、ひかりで米原まで行き、北陸本線へ乗り継ぐのが一般的だと思うんですが、各駅に停車するこだま号の指定席を東京から米原まで取っているんですよ。これについて何かお心当たりはありませんか」

工場長は、乗車券のコピーを見ながら言った。

「新村が敦賀へ帰るということを、今初めて知りました。何しろ口数が少ないものですから、新村の休暇の理由を知っている社員は誰もいませんでしたし」

「新村さんは、五ヶ月前に出向で関東工場勤務になったんですよね。ということは、工場勤務の新村さんと、経理課長の椈辻さんとの業務上の接点はなかったのでしょうか」

「はい、工場で製品の製造をしていただいてる方でしたから、業務上、経理課長と直接会う機会はないと思います」

能登川はメモを取りながら、次の質問を考えていた。

「それでは、もう一つお尋ねしたいんですが、栁辻さんが亡くなった原因は、バスが走行中に、新村さんに突き飛ばされて、手摺に頭を強く打ったことによる出血性ショック死のようです。被疑者である新村さんも死亡していますから、殺意があったかどうかを聞くことはできませんが、バスにはドライブレコーダーが付いてましたので、その映像を見る限りでは、事故の可能性が高いです。しかし、新村さんの死は違います。薄暗い高輪橋架道橋下で、首の後ろから鋭く尖ったかんざしでひと突きされて、神経を一発で切断されているんです。これは並大抵の者にできることじゃない。我々はプロの殺し屋による犯行ではないかと思ってるんですが、何かお心当たりはありませんか？」

「いいえ、心当たりなどありません。私達は真っ当な商品を作っておりますので、殺し屋に狙われるなどあり得ません」

能登川は、頭を掻きながら言った。

「そうですよね。新村さんの自宅を捜索しても、何も出てきませんでしたからね。工場長、もう一つよろしいでしょうか。亡くなった新村さんは、手にメモ用紙を握り締めていたんですが、そのメモには『サザエでございまーす』と書かれていました。このメモというか、メッセージのようなものについて、何かお心当たりはありませんか？」

「いいえ、分かりません。彼は漫画が好きだったのではないでしょうか」

「漫画ねえ……。いやぁ、今日はお忙しいところ朝早くからお邪魔しまして、いろいろとご協力ありがとうございました」

「お役に立ちましたでしょうか。また、何かありましたら、いつでもお立ち寄り下さい」

能登川と松阪は、副社長と工場長に見送られて会議室を出た。エレベーターで一階へ降りると、既に会社の営業は始まっていて、ロビーは行き交う人でいっぱいになっていた。

「おい、松っちゃん。あの副社長、何処かで見たことないか」

「いや、僕は初めて会った感じですが」

能登川は、受付に近づき受付嬢に尋ねる。

「私、田町警察署の者なんですが、ここの会社のパンフレットか何かで、社長と副社長の紹介が載ったものはありませんか。顔写真付きで」

「はい、ございます。今、受付にございますのはリクルート用のものでございますが、このようなパンフレットでよろしいでしょうか」

受付嬢は、入社案内用のパンフレットを能登川と松阪に渡した。

「おお、これです。これいただいていいですか」

「はい、どうぞお持ち下さい」

「ありがとう」

「警部、このパンフレット、どうするんですか」

能登川はロビーにある長椅子に座り、鞄の中から、バスのドライブレコーダーに映っていた、魚籃坂下バス停でバスを待つ女性の写真を取り出した。そして、西洋紡のパンフレットに載っている副社長の顔写真に、ボールペンでサングラスとマスクを書き込んでいく。

「松っちゃん。この魚籃坂下バス停でバスを待っていた女性と副社長、似てると思わないか」

「そうですね。髪型なんてそっくりですね。身長は推定一六〇から一六五センチって鑑識の後藤課長が言ってたし、確かに似てますね。でも、副社長はこの時間、福井にいたんですよね。警部」

「それもそうだな。こんな感じの派手なオバサン、いっぱいいるもんな。それじゃ、一度署に戻って、次の作戦会議でもやるか」

　午前一〇時、能登川と松阪は捜査本部に戻ってきた。

「みんなお疲れ。ちょっと集まってくれないか。今、西洋紡の東京支社に行ってきたよ。大きな収穫はなかったんだけどね。まだ、栂辻さんが持っていた鞄は見つかってないんだろ」

「はい、まだ見つかっておりません」

「栂辻の鞄は一体誰が持ち去ったのか。栂辻は、西洋紡の何か重大な秘密でも握っていたのではないだろうか。みんなにこれを見てもらいたいんだが、これは西洋紡の求人用パンフレットだ。役員からのメッセージが載っているこのページに、副社長の顔写真がある。私がサングラスとマスクを書き込んだのだが、これと魚籃坂下バス停にいた女性と見比べて欲しい」

　飯沼刑事が写真を覗き込む。

「何だか、よく似てますね」

「副社長が椥辻の鞄を持ち去ったのなら話は早いんだが、この時間、副社長は福井にいたんだから、バス停の女性とは別人かも知れない」

写真を見ていた飯沼が再び言った。

「警部、昨日のバスジャック事件は奥が深そうですね」

「副社長は新村のことを、子会社の社員だからよく知らないと言ってたが、新村と副社長との間に接点があれば、事件の突破口が開けそうだな。沼さんと高野とで、副社長の田中平子を調べてもらえないかな」

「はい、分かりました」

「そして、私と松阪、大野、村上で、これからこだま731号に乗って福井へ行く。大野と村上は敦賀で降りて、駅周辺の聞き込みと、敦賀には新村の実家があるそうだから、新村の実家を調べてくれないか」

「はい、分かりました」

「私と松っちゃんは、通路側D席の乗客を追って福井まで行ってみるよ。予定通り東京駅で乗って来るといいんだが。もし、福井まで行かず途中の駅で下車したならば、私達も列車を降りて追跡し、職務質問をするつもりだ。あとのみんなは、何か分かったらすぐに知らせてくれ。いいね」

「はい、分かりました」

「よし、東京駅へ行こう」


午後一時、能登川、松阪、大野、村上、四人の刑事は、東京駅八重洲中央口に集結した。能登川が胸ポケットから四名分の乗車券を取り出し、捜査員に配る。

「大野と村上は、11号車13番AとBの席で、11番D席に座った乗客を見張ってくれ。私と松っちゃんは自由席特急券なので、ほとんどの時間、デッキにいるつもりだ」

そして、松阪が言った。

「警部、八重洲口の改札窓口へ行って、再度捜査協力のお願いをしてきます」

「うん、分かった」

松阪は有人改札窓口へ行き、駅係員に話しかけた。

「私、田町警察署の松阪と申します。只今より捜査のためこだま731号に乗車しますので、ご協力をお願いします」

「警察の方ですか。話は田町駅より聞いております。本日は、11号車の多目的ルームの予約が入っておりませんので、ご自由にお使い下さい。ご乗車になられましたら鍵をお開けしますので、車掌室があります8号車グリーン車までお越しいただき、車掌にお申し付け下さい」

「ありがとうございます。多目的ルームを使わせていただきます」

　松阪が能登川の所へ戻った。

「警部、11号車の多目的ルームを借りることができましたので、乗車したら8号車の車掌室に行って、車掌さんに鍵を開けてもらいます」

「よし、こだま号に乗車中は多目的ルームを捜査会議の場所とする。一四番ホームへ行こう」

　四人の捜査員は、こだま731号の乗り場である一四番ホームへ向かった。

　一三時四二分。四人の捜査員が一四番ホームの停車場中心付近に集まると、一四番ホームには、ひかり504号が定刻で到着した。能登川がひかり504号を見て言った。

「あれが約一五分後に、こだま731号になって新大阪まで行くんだ。車内清掃している間に不審人物がいないか、みんなで確認しよう。大野と村上は、ここから16号車の方へ向かってくれ。私と松っちゃんは1号車に向かって行こう。時間がないぞ、くれぐれも乗り遅れないように」

「はい、分かりました」

四人の捜査員は二組に分かれて、1号車から16号車まで、ホームの隅々を捜索した。大野と女性捜査員である村上は、カップルを装い、ビデオカメラで車両や乗客をさりげなく撮影しながら16号車の方へ歩いて行った。能登川と松阪は、鉄道ファンを装い、ビデオカメラで車両や乗客をさりげなく撮影しながら1号車の方へ向かった。車両の先端まで来て、先頭車両をバックに記念撮影をすると、再びホーム中央へ向かって歩いて行く。8号車近くまで来た時、車内清掃が完了して、行き先表示器がこだま731号新大阪行きに変わり、乗降口の扉が開いた。

「警部、ちょうどいいタイミングで車内清掃が終わりましたよ。8号車の車掌室へ行って車掌さんに挨拶してきましょう」

「うん、そうだね」

能登川と松阪は車内に入り、8号車の車掌室へ向かった。車掌室の扉は開いており、中には男性の車掌が座っていた。能登川が警察手帳を出して車掌に話しかけた。

「すみません。私、田町署の能登川と申します」

「同じく松阪と申します」

車掌は立ち上がって二人を迎え入れた。

「あっ、警察の方ですね。話は運行指令室から聞いております。私、当列車の列車長をしております、田本《たもと》と申します」

「今日は米原まで、よろしくお願いします」

「では、多目的ルームの鍵をお開けしますので、こちらへどうぞ」

　能登川と松阪は車掌の後について、車内の通路を11号車に向かって歩いていく。グリーン車である10号車の車両中央付近まで来たところで、前方から一人の女性客が乗車してきた。その女性は大きめのサングラスを掛け、大きめの帽子を被り、美しくもミステリアスな雰囲気を醸し出していた。

　前を歩いていた車掌は、座席と座席の間に入り、軽く会釈をして通路を開けると、能登川と松阪も座席と座席の間に入り、軽く会釈をして通路を開けた。松阪が小声で能登川にささやいた。

「警部、警部。今の人、有名な女優さんじゃないですか。名前が思い出せないけど、ほら映画にも出てる」

　能登川は険しい表情で言った。

「おいおい、なに鼻の下を伸ばしてるんだ。遊びに来たんじゃないんだよ」

「すみません」

車掌が11号車の車内に入ると、11番D席に男性が座っているのが見えた。

「おい、松っちゃん。ビデオカメラ回っているか。11番D席に男が座っているぞ」

「はい、撮影中になってます」

大野と村上は既に着席していて、能登川に目で合図した。車掌は、車内からデッキへ出て、多目的ルームの鍵を開けた。

「どうぞ、ご自由にお使い下さい。ご不明な点がございましたら何なりとお申し付け下さい」

「ありがとうございます。お借りします」

二人が多目的ルームに入ると、能登川がスマートフォンを取り出して言った。

「その画像、転送してちょうだい」

松阪が、ビデオカメラに付いているｗｉ-ｆｉ機能を使って、カメラの映像を能登川のスマートフォンに転送した。能登川は11番D席に座っている男の画像を切り取り、メールに添付して署内担当の捜査員達へ送信した。メールの内容は、『こだま７３１号の車内で新村鉄男が座る予定だった11番E席の隣の、11番D席に座った人物を撮影することに成功した。この画像を事件関係者全員に見てもらい、見覚えがないか調べて欲しい』という内容だった。

　メールの送信が終わると、ちょうど発車時刻となり、静かに扉が閉まった。新村が座る予定だった11番E席には誰も座ることなく、列車は謎を抱えたまま発車した。

「警部、新村の指定席券を紛失再発行にして誰か乗って来ることも考えましたが、誰も乗って来ませんでしたね」

「うん、でも11番D席の男は乗って来たんだ。まだ望みはあるさ」

　新幹線こだまの米原までの途中停車駅は一三駅あり、所要時間は三時間一三分に及ぶ。能登川達にとって厳しい捜査になることが予想された。


　列車は東京駅を出発して約七分で品川駅に到着した。11番D席の男に接触してくる人間はいないようだ。短い停車時間で、列車は新横浜に向けて発車した。

　新横浜到着一四時一五分。ここも短い停車時間ののちに列車は発車した。男に接触してくる者はいない。その後も、小田原、熱海、三島と停車していったが、男に接触してくる者はいなかった。男はただじっと座ったまま、ヘッドホンで何かを聞いている様子だった。

　一五時三分。車窓には、次の停車駅である新富士駅のホームが見えてきた。その時、11番D席に座っていた男が急に立ち上がり、列車の進行方向に向かって通路を歩き出した。男はデッキに出て、列車の扉が開くとホームへ降りて左右を見渡した。大野が能登川に電話する。

「男が降りました。前方の扉です」

能登川達捜査員に緊張が走る。

「よし、松っちゃん、俺達も降りるぞ。新富士駅の停車時間は五分ある。もしも階段を降りて改札を出たならば、そこで職務質問をしよう」

能登川と松阪も列車を降りて、男が降りた方向に目を向けた。すると男は、ホームから改札口へ下る階段に向かって急に走り出した。一瞬、能登川の脳裏に最悪のシナリオがよぎった。

「しまった。我々の捜査が気付かれてたか」

と、能登川はホームを走りながら考えていた。しかし、その男は階段の手前で急に右へ逸れ、列車と階段との間にある狭い通路を通り、更に列車の進行方向である名古屋方《がた》へと走って行った。

「あの男は一体どこへ行くんだ」

11番D席に座っていた男の行先は、ホームにある売店だった。

能登川と松阪も、男の背後にゆっくりと近づき、売店の列に並んだ。そして、何を買っているのかを探るべく、男の背後から覗き込む。男が買っていたのは、『極』の文字が大きく描かれた富士宮やきそば弁当だった。

　それを見た能登川の喉がゴクリと鳴った。

「うまそうだな。いや、絶対うまいに決まってる」

　男は富士宮やきそば弁当を二個買っていた。

「この男、同じ駅弁を二個も食うのか。それだけうまい駅弁なら俺達も買おう」

　男は駅弁を買うと、売店から一番近い6号車の扉から再び乗車した。松阪は男を目で追いながら言った。

「普通席の乗客が6号車からグリーン車を通り抜けて11号車まで行くなんて、あまり感心できませんな」

「全くだな。富士宮やきそば弁当を四つ、お茶も四つ下さい。発車まで、あと二分あるね。俺達はホームから11号車へ戻ろう」

　能登川と松阪が11号車まで戻ってくると、村上が座っている席の窓を、コンコンとノックして、二人に多目的ルームへ来るように目で合図した。

「いやーびっくりした。逃げられるかと思ったよ。あの男、ホームの売店へ駅弁を買いに行くため降りたんだ」

「そういえば警部、こだま号には車内販売がありませんからね。きっとお腹がすいてたんですよ」
「まだ先は長いんだ。我々も腹ごしらえしよう。君達の分も買ってきたから」
能登川は、捜査員全員に富士宮やきそば弁当と、お茶を配った。
「警部、ありがとうございます。ごちそうになります」

その後、こだま731号は、静岡、掛川、浜松、豊橋と停車する度に乗客が増え、三河安城でほぼ満席となったが、名古屋でほとんどの乗客が下車したため、11号車は一〇人程の乗客しかいない静かな車内になった。

一七時五分。車内に米原駅到着を知らせるアナウンスが流れた。11番D席の男は、荷物棚から鞄を下ろし、下車する準備を始めた。

一七時一〇分、こだま731号は定刻に米原駅に到着した。11番D席に座っていた男はホームに降りると、1号車の方へ向かって歩き出した。グリーン車の近くにさしかかると、8号車の乗降口から美しい女性が降りてきて、その男に親しげに話しかけた。

　それを見た松阪が言った。

「あっ、あの人だ。東京駅で停車中にグリーン車の通路ですれ違った女優さん。名前、何て言ったっけ」

　松阪は、東京駅でビデオ撮影していた映像を再生して見せた。

　捜査員達は、ホームにある待合室や柱の陰に隠れながら目で追った。ビデオカメラのズームで二人を撮影していた大野が言った。

「確かに映画女優に似てるけど、ちょっと違うんじゃないかな。あの二人、先頭車まで行って、こだま号の写真を撮ってるよ」

　能登川も言った。

「あの女性、東京駅停車中にグリーン車の通路ですれ違ったんだろ。だとしたら、あの女性もこだま７３１号に乗って東京から米原まで来たってことになるね。有名な女優さんがこだま号に乗って米原駅まで来て、新幹線の写真を撮るかね。あっ、そうか。新富士駅で駅弁を二個買っていたのは、あの女性の分だったのか」

　こだま７３１号が米原停車中に、下りのぞみ号が通過した。その後、こだま７３１号は新大阪に向けて発車する。二人はこだま号が発車し、加速していくところをビデオ撮影していた。やがて、こだま731号が見えなくなると、二人は階段のあるホーム中央部へと歩き始めた。

「おい、こっちへ来るぞ。私と松っちゃんは改札口へ行く。大野と村上は、あの二人の後をつけてきてくれ」


新幹線ひかり649号から在来線特急への乗り換え時間は一〇分程しかないが、こだま731号からの乗り換え時間は四〇分もある。二人は、各ホームに停車している電車を片っ端から撮影している。

二人を目で追う捜査員達は呆れ顔だった。

「一体あの二人は何者なんだ。敦賀に着いたら、もう遅いから大野と村上は休んでくれ。明日は新村の自宅と勤めていた敦賀工場、そして周辺の聞き込みを頼む。私と松っちゃんは福井まで行って、ホームに降りたところであの二人から話を聞こうと思う。それじゃ、あと少し頑張ろう」

能登川達が打ち合わせをしている間に、特急しらさぎ59号が静かに入線してきた。

男の方は、新村の持っていた切符の隣の席である2号車11番C席に座った。女性は1号車の方へ歩いて行った。どうやら今度もグリーン車に乗るようである。

能登川が頭をかきながら言った。

「ますます分からんなあ、あの二人。恋人同士に見えなくもないが、またグリーン車と普通車指定席に分かれて乗車した。一体どうなってるんだ。米原から福井までの所要時間は一時間だから、自由席チームはずっとデッキで見張っていよう」

そんな能登川の言葉に、松阪はめまいを覚え倒れそうになった。

しらさぎ59号が米原を発車すると、途中、敦賀、武生《たけふ》、鯖江、福井の順に停車する。列車は二八分で敦賀駅に到着し、大野と村上が下車した。

「今日は、お疲れさん。ゆっくり休んでくれ」

「警部、この先もお気を付けて」

敦賀駅では乗客の半数近くが下車したため、2号車の指定席を利用する乗客は少なくなっていた。

「警部、これじゃデッキに立っていると目立ちますね。車掌さんに頼んでどこか座らせてもらいましょうか」

「うん、そうだな。お願いしようか」

二人は2号車の後方に座ることができた。

その後の停車駅でも下車する乗客はあるが、乗車が少ないため、静かな車内となっていた。そして一八時五九分、列車は減速し、車窓には福井駅のホームが見えてきた。

能登川と松阪は席を立ち、2号車後方から、11番C席の男の横をすり抜け、車両前方のデッキに出た。

「松っちゃん。これは俺の勘なんだけどね、あの二人、また列車の先頭で写真を撮るんじゃないかな。先回りして先頭車の写真を撮ろう。その後、列車が発車したら、さりげなく質問しよう」

「分かりました。僕達は、鉄道ファンを装わなくても、鉄道ファンに見えますからね」

能登川と松阪は列車の先頭に駆け寄り、列車の写真を撮り始めた。すると、能登川の読み通り、グリーン車と普通車に分かれて乗車していた二人も、列車の先頭に来て、写真を撮り始めた。停車時間は一分しかない写真撮影会だ。

そして、写真を撮り終え列車が発車し、車両が見えなくなって辺りが静かになると、先に話しかけたのは、グリーン車を利用していた女性の方だった。グリーン車の女性が能登川の方を見て言った。

「電車がお好きなんですか」

「ええ、まあ。今日は、東京から、こだま731号に乗って米原まで来て、米原で電車の写真をちょこっと撮って、米原からしらさぎ59号に乗って福井まで来ました」

能登川は、女性の美しさに見とれてしまい、つい、こだま731号に乗っていたことをバラしてしまった。

「奇遇ですね。私達もこだま731号に乗って東京から来たんですよ。福井へは、お仕事か何かで？」

女性の美しさに見とれていた能登川だが、はっと我に返り、事件の話を切り出すチャンスだと思い、名刺を取り出した。

「実は、わたくし、田町警察署の能登川と申します」

名刺を渡されたグリーン車の女性は、少しの沈黙の後、驚きの表情で言った。

「シンちゃん。この方のお名前、凄いよ。ほら、これ見て。東海道本線の能登川駅と、日豊本線の宗太郎駅で、能登川宗太郎さん」

普通車に乗っていた男性も名刺を覗き込む。

「ホントだ。素敵なお名前ですね」

すると能登川は、名刺代わりにしている、能登川→宗太郎間のパウチ加工した使用済み乗車券を取り出して自己紹介を始めた。

「川のようで川じゃない。NOT《ノット》 GAWA《ガワ》です」

能登川は、自分の決め台詞が決まったと思った。しかし、目の前にいる二人は能登川の自己紹介を聞いておらず、能登川の名刺と能登川↓宗太郎間の使用済み乗車券を食い入るように見ていた。

松阪は、能登川のがっかりしている表情を横目に見ながら、自分も二人に名刺を渡した。

「私は、田町警察署の松阪と申します」

「松阪さんは、名松線ですね」

グリーン車の女性は、松阪の名前が名松線の駅名であることをすぐに見抜いた。

「ところで、東京の刑事さんが、何故福井に来られたんですか？」

「実は、昨日、渋谷駅前発田町駅前行きの路線バスがバスジャックされた事件があったんですが、ご存じですか」

すると、普通車に乗っていた男性が答えた。

「はい、知ってます。僕の仕事場の近くで起きたんで、びっくりしましたよ。始発の田町駅前行きは僕も時々利用しますからね」

「そうでしたか、それなら話は早い。ちょっとこれを見て下さい」

能登川は、新村の持っていた指定席券のコピーを取り出し、普通車に乗っていた男に見せた。

「実は、被疑者の所持品の中に、本日乗車分のこだま731号、11号車11番E席の指定席券と、しらさぎ59号2号車11番D席の指定席券があったんです。更に、この乗車券について調べてみると、この席の隣に当たるこだま731号、11号車11番D席と、しらさぎ59号2号車11番C席の指定席が発券されていることが分かりました。その切符の持ち主があなたなんですが、あなたは、犯人のことをご存じではありませんか」

男は、指定席券のコピーをじっと見つめながら言った。

「本当だ、これ僕の隣の席だ。でも、犯人のことは知りませんよ。僕が一一列目の通路側を選んだのは、車内放送の音を録音するためなんですよ」

「車内放送の録音、ですか」

能登川は戸惑いを隠せなかった。

「ええ、車内放送を録音するんです。一一列目の席に座って天井を見てもらうと分かると思いますが、一一列目の席の近くに車内放送用のスピーカーがあるんです。こだまの11号車は、乗車定員が少ないから、うまく音が拾えるんじゃないかなと思い選びました。しらさぎも一一列目付近にスピーカーがあるので、11番の通路側を選びました。ただ、それだけで、こんな偶然があるんですね」

「ただ、それだけ、だったんですか」

能登川と松阪は、東京から福井までの乗車が無駄な努力であったことを知り、どっと疲れが出た。その時、普通車に乗車していた男は名刺を取り出し、能登川と松阪に自己紹介した。

「申し遅れました。私、鉄道専門のビデオ製作会社かがやき株式会社に勤めております平岩進《ひらいわすすむ》と申します。みんなからは『シンちゃん』と呼ばれています。今日こだま号に乗ったのは、東海道新幹線の各駅に停車する時の車内放送を録音して、その音声を次の作品に使いたかったためです」

「そうでしたか」

能登川が男性と話をしている間に、グリーン車に乗っていた女性も名刺を取り出して、能登川と松阪に自己紹介した。

「私も同じく、ビデオ製作会社かがやきの代表をしております、森田はるえと申します」

「へえー、お若いのに社長さんですか」

能登川は目を丸くして森田はるえの名刺を見た。すると、福井駅のホームには、次の列車の案内をする音声合成放送が流れてきた。

『ピーン　ポーン、次に三番乗り場から発車する列車は、一九時一二分発、普通金沢行きです。この列車は、森田、春江、丸岡の順に、終点金沢まで各駅に停まります』

能登川と松阪は顔を見合わせて、やがて笑い出した。

「森田、春江、丸岡だって。あなたも切符で名刺が作れる人じゃないですか。しかも、森田の次が春江」

「私……何となく気付いてましたが、私の名前も駅名ですよね。しかし、名前は平仮名で『はるえ』ですので。あっ、それと、カメラマンの平岩も大糸線にある駅名ですので」

「僕は苗字だけ駅名なので、切符で名刺は作れません」

能登川が言った。

「ハハハ、こりゃおもしろいや」

能登川、松阪、森田、平岩、四人の笑い声が福井駅のホームに響き渡った。

第五章　路面電車フクラム

九月三日　火曜日——

能登川と松阪は、福井市中心部にあるホテルに宿泊していた。朝早く起きて、ホテルの朝食を食べ終えた二人は、ホテルの近くにある公園へ行き、スマートフォンでラジオ体操の動画を見ながらラジオ体操をしていた。

「松っちゃん、こだま731号には何の手掛かりもなかったね」

「警部、事件発生からまだ三日目なのに、行き詰まっちゃいましたね」

能登川が遠くを眺めると、ビルとビルの谷間を電車が走り去るのが見えた。福井市中心部には路面電車が走っているのである。

能登川がその路面電車を指差して言った。

「捜査に行き詰まった時は、アレに乗ろう」

その電車は、福井鉄道の福武線《ふくぶせん》（総延長二一・五キロメートル。越前武生—田原町間二〇・九キロメートル、福井城址大名町―福井駅間〇・六キロメートル）を走る、フクラムという愛称の路面電車で、その名の由来は福井の〝フク〟と、路面電車を意味するトラムの〝ラム〟を組み合わせて作られた愛称の電車だった。

ホテルをチェックアウトした二人は、福井城址大名町駅に向かった。ちょうど良いタイミングで田原町行きの電車が入線してきた。その電車は急行で、福井城址大名町駅を七時四九分に発車すると約五分で田原町駅に到着した。

「警部、次は、どの電車に乗るんですか」

「今乗って来た電車が田原町駅で折り返して、急行、越前武生行きになるんだな。これに乗って越前武生駅まで行こう」

能登川と松阪は、電車が発車するまでの約六分の間に、越前武生駅までの乗車券と、鉄道グッズを買った。

八時ちょうどになると、急行電車は越前武生駅に向けて、静かに発車した。そして約五分後に福井城址大名町駅に到着。電車はここから左へカーブを曲がり、福井駅へと向かう。前から三両目のボックス席に、向かい合わせて座る能登川と松阪は、興味津々の眼差しで車窓を眺めていた。

「警部、越前武生へ向かう電車は、一度福井駅に入ってから福井城址大名町駅に戻り、越前武生に向けて発車するんですよ」

「松っちゃんは福井鉄道に乗ったことがあるのかい」

「ええ、今から十年程前ですけどね。その頃、線路は福井駅前までしかなかったので、福井駅まで延伸してから乗るのは初めてです」

「そう、私は初めて乗るから何だか楽しいよ」

電車は八時一〇分に福井駅に到着する。ここから五分後に福井城址大名町駅に向けて発車するのだが、線路は行き止まりになっているので、運転士は運転台を代わる。短い区間ではあるが、能登川と松阪が座っている車両が先頭車両となって福井城址大名町駅まで行くのだ。二人は運転席の近くで前面展望を楽しんでいた。

電車が再び福井城址大名町駅に到着すると、電車の進行方向を変えなければならないので、運転士はもう一度運転台を代わる。つまり、能登川と松阪が乗車している車両は、最後部の車両となって、越前武生駅に向けて八時二二分、福井城址大名町駅を発車するのである。

足羽山公園口《あすわやまこうえんぐち》駅を過ぎて、商工会議所前駅に近づいて来ると、左手に大きなビルが見えてきた。松阪がそのビルを指差して言った。

「警部、あの大きなビルが西洋紡績の本社ビルですよ」

「あれが本社か、大きなビルだな。後で寄ってみよう」

　電車は商工会議所前駅を発車すると、木田四ッ辻交差点を左へとカーブして曲がり、道路と並用している路面軌道区間と分かれ、鉄道専用の区間を走って行く。

　能登川は、時刻表と地図を見ながら、難しい顔で何かを考えていた。福武線の車窓から見える美しい景色は、能登川の目には入っていない様子だった。

　急行越前武生行き電車は、九時九分に越前武生駅に到着した。

　越前武生駅の改札を出た能登川と松阪は、南の方角に向かって歩いていた。能登川が話し始めた。

「一体あの新村鉄男は、新幹線の車内で何がやりたかったんだ。ビデオ制作会社の平岩進さんのように、何か目的があったはずだ」

「警部、新幹線の他にも、新村が握り締めてた『サザエでございまーす』のメモも、一体何だったんでしょうね」

「私は、敦賀にこの事件のヒントがあるような気がしてならないんだ。よし、これから敦賀に行こう」

　能登川と松阪は、武生駅を九時三一分に発車する、普通敦賀行きの列車に乗り込んだ。列車は約三五分の乗車で敦賀駅に到着した。

敦賀駅の改札を出て、能登川は、駅前ロータリーを左から右へ見渡した。

「駅前で、何を調べようかな。とりあえず、あの駅前交番で尋ねてみよう」

「警部、駅前交番で聞くんですか」

能登川は少し怒った表情で言った。

「おまわりさんが、おまわりさんに聞いて、何が悪いんだよ。さあ、行くぞ」

能登川と松阪は、駅を出て右手にある駅前交番に入って行った。

「お忙しいところ、すみません。私、警視庁田町警察署の能登川と申します」

「同じく、松阪と申します」

交番には一人の警官がいた。

「これはこれは、遠い所からお疲れ様です。私は敦賀中央署の村井と申します。ところで、駅前交番に、どういったご用件でしょうか」

「実は、九月一日に、東京で発生したバスジャック事件について調べてるんですが、死亡した被疑者が、東京駅を九月二日に発車する敦賀行きの片道乗車券と、特急券を持っていたんです。それと死亡時、右手には『サザエでございまーす』と書かれたメモ用紙を握り締めてまして、このサザエについて、何か名物や企業名、団体名等がないか調べてるんですが、この敦賀にありませんかね」

能登川は、捜査資料を村井巡査長に見せた。

「サザエですから、海鮮料理でも食べたかったんでしょうかね。港の方に行けば海産物を扱う店が多くありますけど。ちょっと待って下さい。裏にもう一人、ウチの若いのがいますから呼びます。おーい野尻君、ちょっと来てくれないか」

交番の事務室の奥からもう一人の警官、野尻巡査が出てきて、能登川が持って来た捜査資料を見て言った。

「敦賀半島に、蠑螺《さざえ》ヶ岳《がだけ》という山がありますけど、関係ないでしょうか」

「蠑螺ヶ岳。場所はどこでしょう」

「地図を持って来ます」

野尻巡査が地図を用意している間に、能登川のスマートフォンが鳴った。大野刑事からだった。

「警部、今、新村の実家とその周辺を調べているんですが、特に有力な情報はありませんね。新村の若い頃まで遡って調べてみたんですが、どうやら高校に入学した頃、不登校になったみたいで、敦賀半島にある西浦学園という問題のある生徒ばかりを教育する学校に転校していたことが分かりました」

「ご苦労さん。実は私も敦賀に何かヒントがあるんじゃないかと思って、今敦賀駅前に来てるんだ。西浦学園、ちょっと待って」

地図を持って来た野尻巡査に能登川が尋ねる。

「西浦学園という学校はどこにありますか」

「西浦学園は、蝶螺ヶ岳の登山口に近い、浦底《うらそこ》という所にありましたが、もう十年程前に廃校になってますよ」

電話を中断していた能登川が大野刑事に言った。

「西浦学園の近くに蝶螺ヶ浜という山がある。サザエの謎が解けるかも知れない。私達はサザエの謎を調べてみるよ。君達は引き続き新村の実家の周辺と、以前勤めていた敦賀工場を調べてくれ」

「はい、分かりました」

電話を終えた能登川に野尻巡査が言った。

「蝶螺ヶ岳に登られますか。登山口の近くまでバス路線がありますけど」

「バスで行けるんですか」

「はい。蝶螺ヶ岳の標高は六八五メートルで、登山口から山頂までの距離は約三キロメートルです。山全体が花崗岩で構成されている山なので、途中、大きな花崗岩の岩を登る所もありますが、二時間程で登ることができます。私は、トレーニングのつもりで蝶螺ヶ岳にはよく登りますので、ご一緒したい気持ちはあるんですが、今日は、敦賀まつりの三日目で、警備が手薄になるといけませんので」

「いえいえ、登山の案内までは結構です。蝶螺ヶ岳に登るとなると、私達のような服装で大丈夫でしょうか」

　能登川と松阪は、長袖のシャツにジーンズ、少し汚れたシューズを履いていた。

「ここ何日か晴れの日が続いてますし、今日も雨は降らないでしょうから、登山道は歩きやすいと思います。履き慣れた靴、動きやすい服装であれば大丈夫でしょう。あと、私は登山が趣味でして、私の私物ではあるんですが、杖と、熊よけの鈴がありますので、持って行って下さい。飲み物も、なるべく多く持って行って下さいね」

　野尻巡査は、交番事務室の奥から杖と熊よけの鈴を二名分持って来た。

「これ、お貸しします。もう少ししますと、駅前のバス停から立石行きのバスが出ますので、そのバスで浦底のバス停で降りていただければ近くに登山口があります。バスは一日三便しかないんですが、お昼に出る二便目のバスが敦賀駅を一二時五〇分に発車し、一三時二二分に浦底に着きます。帰りは三便目のバスになりまして、約五時間後の一八時一八分に浦底を発車し、敦賀駅には一八時五〇分に着きます。蝶螺ヶ岳は、ほぼ全域携帯の電波が届きますので、山のことなら、いつでも私の方に電話して下さい。これが私の携帯番号です」

野尻が携帯番号のメモを能登川に渡した。

「いろいろとアドバイスありがとうございました。それじゃあ松っちゃん、トレーニングのつもりで登ってみるか」

「警部、本気で登るんですか」

「その前に、腹が減ったから何か食べに行こう」

松阪は、気だるそうに能登川の後をついていった。


登山の準備を終えた能登川と松阪は、バスが発車する一〇分程前に駅前のバス乗り場に戻っていた。しばらく待っていると、バス乗り場には一風変わったバスが回送でやってきて、二人の目の前に停車した。

そのバスは、車体のちょうど上半分が白い塗装、下半分が黒い塗装、バスの屋根の上に搭載されている機器が赤く塗装されていて、窓の下には交通安全の標語が書かれてあった。どうやらこのバスは、交通安全の啓発活動用として作られた、パトカーの色を模した広告車両のようであった。

能登川がバスの正面に行ってナンバープレートを見ると、ナンバーは「福井200

か１１０」だった。

「松っちゃん、このバス凄いな、まるでパトカーみたいだよ」

「本当ですね。東京のバスも、こんなパトカーみたいな広告車両だったらバスジャックに遭わなかったかも知れませんね」

能登川と松阪は、バスの前で記念写真を撮ってからバスに乗り込んだ。

「警部、他に乗客がいませんので、運転士さんにお話を伺ってみますか」

「そうだね。お忙しいところすみません。私、警察の者なんですが、このバスは、蝶螺ヶ岳の近くまで行きますか」

「ええ、浦底というバス停で降りていただくと、二〇〇メートル程離れた所に登山口があります」

「西浦学園の近くは通りますか」

「ええ、浦底の一つ手前に、西浦学園前というバス停がありまして、バス停の目の前が学校ですけど、今は廃校になってますので誰も利用しませんよ」

「西浦学園の前を通るんですね。それと、もう一つ、お尋ねしたいことがあるんですが」

能登川は、西洋紡から借りてきた新村の写真をバスの運転士に見せた。

「この写真の男性なんですが、バスの乗客で見覚えありませんか」

「ええ、この人なら朝夕の通勤で利用されてましたよ。ただ、ここ何ヶ月かは見てないなあ」

「乗車区間は覚えていらっしゃいますか」

「ええ、定期券を利用されてましたから覚えてます。気比《けひ》の松原《まつばら》入口から敦賀駅口まで利用されてました」

「この人が乗車された時は、何かお話をすることはありましたか」

「いいえ、話をしたことはありません。乗る時も降りる時も何も言わないで、無口な人なんでしょうね」

「そうでしたか。あっ、そろそろ時間ですね。お仕事中いろいろありがとうございました。私達は浦底まで利用させてもらいます」

二人は、前から二列目の席に座った。

松阪はリュックの中から地図を取り出し、気比の松原入口バス停を探していた。

「警部、ここですよ気比の松原入口バス停。ここからだと新村の実家がある松原町《まつばらちょう》は、すぐ近くになりますね」

「あとはメモだよ。新村が握り締めていた謎のメッセージとも受け取ることができる

『サザエでございまーす』のメモは一体何なのか、蠑螺ヶ岳で何か分かればいいんだが」

二人が話をしている間に、バスは気比神宮近くのバス停に停車し、何人かの客が乗車した。

「警部、あれが敦賀まつりですよ」

敦賀まつりは、毎年九月の初めに行われるまつりで、元来、気比神宮の秋季例大祭として行われるまつりだ。

その後、バスは敦賀市の中心部を離れ、やがて進行方向右手に海が見えてきた。

バスがカーブを曲がり広い直線道路に入ると、後方から一台の古めかしい外国車がバスを追い抜こうとやってきた。

「警部、随分古そうな外車ですね。何だか必死に走っている感じがします」

「確か、フランスの車だよな。景色がいいんだから、ゆっくり走ればいいのに」

古くて小さな外国車は、大きなエンジン音を上げながらバスを追い抜いていった。

その後、バス停に停車する度に、乗客が一人、二人とバスから降りていくのだが、乗車してくる客はいないため、最後には能登川と松阪の二人だけとなった。

するとと運転士が、車内放送用のマイクを使って能登川達に話しかけてきた。

「刑事さん、お客さんがいなくなったのでお話ししますが、もうすぐ左に見えてくる建物が西浦学園の校舎です。学校は廃校になってますが建物は残っています。西浦学園を過ぎて、坂を上がると浦底のバス停になります。次、停車しますね」

「はい、お願いします」

やがてバスは浦底バス停に停車した。

「今日は、いろいろとありがとうございました」

「刑事さん達もお気を付けて、このまま真っ直ぐ二〇〇メートル程歩いていただくと、左手に登山道の入口があります。案内標識も立ってますので、すぐに分かります」

二人は運賃を支払いバスを降り、登山道の入口まで歩いた。

「よし、登るぞ」

二人はゆっくりと登山道を登り始めた。しばらく歩いていると、最初の絶景ポイントに到着した。

「松っちゃん、まだ少ししか登ってないのに、すごく綺麗な景色だな」

眼下には、敦賀湾と無人島の水島がくっきりと見えた。

「本当ですね警部。ずっと見ていたい景色ですね」

　二人が敦賀湾の絶景に見とれていると、二人の頭上に、どこからかドローンが飛んできた。

「松っちゃん、あのドローン、どこから飛んできたんだろう」

「警部、今登ってくる途中に、電力会社の鉄塔と送電線がありましたね。あれはおそらく送電線点検用のドローンじゃないでしょうか」

「そうかも知れないね」

　二人はドローンの行方を気にすることなく、再び登山道を登り始めた。登山道は所々険しい区間もあったが、木々が登山道の真上まで生い茂り、直射日光を遮ってくれているため涼しく、歩きやすい。

　二人は、登山に関しては初心者であるが、苦もなく淡々と登って行った。

　登山口から二時間ほど歩き、山頂近くの一枚岩展望台に辿り着いた。能登川が岩の上に登り、深呼吸しながら言った。

「なるほど、ここはいい。駅前交番の野尻さんがこの山を好きなのも良く分かるなあ」

「敦賀湾の隅々まで見渡せますねえ。ただ、新村の握り締めてたメモの謎を解明できそうなものは山頂付近には見当たりませんが」

松阪はリュックからカメラを取り出し、写真を撮り始めた。すると、どこからか再びドローンが飛んできた。

「警部、またドローンが飛んできましたよ。さっきのドローンではないでしょうか」

「松っちゃん、あのドローンおかしくないか。標高六八五メートルの山頂付近に、送電線も鉄塔もないよね。我々を監視してるようにも見える。あのドローンも写真撮っておいてくれるかな」

「はい、警部、撮れました。ばっちりです」

「よし、それじゃ下山しよう。あのドローンが飛んで行く方角だけでも分かればいいんだが」

二人は、登ってきた時の三倍速位はありそうな速さで、一気に山を降りていった。蠑螺ヶ岳の麓の登山口まで来ると、一〇〇メートル程先に、ドローンを持った背の高い男性が歩いているのが見えた。

「警部、あの人、そして、あの車。我々がバスで浦底に向かっている途中、バスを追い抜いていった車ですよ」

「よし、職務質問をしよう。すみませーん、ちょっとお尋ねしたいことがあるんですが」

　能登川に声をかけられた男は慌てて車に乗り込み、急発進で車を走らせようとした。しかし、車が古いためか加速にもたついている。

　能登川と松阪は、その車を走って追いかけた。

「すみませーん。ちょっと教えていただきたいことがあるんですけど」

　浦底のバス停辺りから道路は下り坂になったため、その車は勢いがついたのか走り去ってしまった。二人が全力で走っても追いつけないスピードだった。

「松っちゃん。あの車の写真撮れた？」

「もちろんですよ警部。ナンバーもバッチリ写ってます」

「ああ良かった。すぐに所有者の照会をしよう」

　二人がバス停のベンチで息を切らしながら座っていると、車が近づいてくる音が聞こえてきた。音の聞こえてくる方向に目をやると、それは、浦底へ来る時に乗った路線バスだった。

　二人はとっさに両手を上げ、バスを停めようとした。バスは二人の前で停車してくれた。

「ああ、さっきの刑事さんじゃないですか。もう蝶螺ヶ岳に登られたんですか」

能登川は、乱れた呼吸のまま運転士に尋ねた。

「はい、登りました。ちょっとお尋ねします。このバスの行き先表示は回送になってますけど、車庫に帰られるんですか」

「はい、そうです。この時間は立石方面への利用は多いんですが、反対の敦賀駅方面となると利用者が極端に少なくなりますので、営業運転をやめて回送で車庫に帰るんです。私の仕事もこれで終わりです」

「それでは少しだけ捜査協力をお願いすることはできますか？」

「捜査協力……ですか」

「はい、今から二〜三分前に、ここから走り去った車を追いかけたいんですが、できる限りで構いませんので、追跡していただけないでしょうか」

「バスで追いつくかどうか分かりませんが、いいですよ。それじゃ乗って下さい」

二人は前扉からバスに乗り込んだ。

「それじゃ、しっかりと掴まって下さいね」

バスの扉が閉まると、バスは浦底のバス停を勢いよく発車した。

「刑事さん、このバス、捜査協力するとなると少々スピードを出すかも知れませんけど、スピード違反とか言わないで下さいね」

「もちろんです。私達は交通課ではありませんので、スピード違反の取り締まり方法が分かりません」

「そうですか、それなら頑張って走ることができますね」

運転士は前照灯を点灯させて、更に強くアクセルを踏み込んだ。

普段は乗客を乗せてのんびりと走る路線バスだが、いつもとは明らかに違う走りで海岸線の狭い道路を走り抜けていく。対向してきた乗用車のドライバーが、バスの走りに殺気を感じたのか、道路脇に車を停め、口をポカンと開け唖然とした表情でバスを見送った。

路線バスの座席にはシートベルトが付いていないから、能登川も松阪も、座席の手摺に両手でしっかりと掴まっていた。

「松っちゃん、何だかジェットコースターに乗ってるみたいだな」

「警部、ジェットコースターなんて、恐いから乗ったことありません」

バスは、右へ、左へとカーブを曲がり、あっという間に手の浦《たうら》の集落が見えてきた。

松阪は、集落の先に古い外国車が走っているのを見つけた。

「運転士さん、あの車です」

バスの運転士も遠くに目を向ける。

「ああ、あれですね、分かりました。ん、あの車、何だかスピードが落ちてるみたいですね。何とか追いつきそうですよ」

古い外国車とバスとの距離が縮まるのを見て、能登川が言った。

「もし、対向車が来なければ、あの車の横に並んで並走していただくことは可能でしょうか」

「もう少し行った所に直線のトンネルがありますので、トンネル内なら可能です」

「では、対向車が来なければ並走して下さい。それと、このバスの窓は開きますか」

「ええ、開きますよ。窓の取っ手を持って横にスライドさせて下さい」

バスが直線のトンネルに入り、古い外国車と並走し始めると、能登川と松阪はバスの窓を開け、その車に向かって叫び始めた。

「すみませーん。止まって下さい」

「私達は、少しお話がしたいだけなんです」

「すみませーん。止まって下さい」

「刑事さん、もうすぐトンネルを出ますよ」

トンネルの出口に近づいてくると、何故か、古い外国車のスピードが段々と落ちてきた。

「あの車の前に回り込んでもらってもいいですか」

「はい、分かりました。行く手を遮ります」

運転士は強くアクセルを踏んで、古い外国車の前へ出た。そして、その車が完全に停車したのがバスのミラー越しに見えた。

「後ろの車が停車しましたので、バスも止まります」

そう言って、運転士はフルブレーキでバスを停車させ、前扉を開けた。

急停車の反動で、能登川も松阪も前の座席や手摺などに頭や体をぶつけたため、フラフラになりながら前扉から降りていった。そして、バスの後ろに停車している古い外国車に近づいた。

「あのー、すみません。少しお話を伺いたいんですが」

あと二～三歩の距離となった時、古い外国車は二～三回空ぶかしをして急発進し、前に止まっているバスを追い越していった。

能登川が、その車を指差して言った。

「ああー、逃げた、逃げたぞ。追え、追え」

二人は急いでバスに乗り込むと、能登川は思わずバスの運転士に言った。

「あの車を追え、緊急走行」

するとバスの運転士は苦笑いをして言った。

「ハハハ、刑事さん。このバス、見た目はパトカーに似てますけど、路線バスですので、緊急走行はできないですよ」

「ハハハ、そうでしたな。つい熱くなってしまって、すみません。あの車が逃げちゃったんで、もう少しだけご協力お願いできませんかね」

「はい、いいですよ、協力しましょう。この先もカーブが続きますので、しっかり掴まってて下さいね」

バスは再び、全力で疾走した。

トンネルを出た後は、下り坂のカーブが続いていた。坂の中間位まで下った時、前方に逃げた車が見えた。坂を下りきった所は、突き当たりのT字路になっており、その車が左へ曲がるのが見えた。

「刑事さん、あと少しで追いつきそうです」

バスもT字路に近づいてきたので、運転士はシフトダウンと、エキゾーストブレーキを使い急減速させた。

「ここの交差点、信号がなくて危いから、一旦停止しますね」

バスは一度、完全に停車した後、左へと曲がった。

交差点を曲がって、前方三〇〇メートル程先に、古い外国車が走るのが見えた。そして、その車は右側の車線へレーンチェンジした。

どうやら三〇〇メートル程先の道路では、道路工事による片側交互通行をしているためにレーンチェンジをしたのだった。バスの運転士も逃げて行く車と共に工事区間を通過しようと、アクセルを強く踏み加速した。

しかし、無情にも交通整理をしている警備員が、赤い止まれの旗を振って、バスに停車するように合図し始めた。

「刑事さん、前方で道路工事をしています。警備員が、止まれの旗を振ってますので停車しますね」

バスは、警備員の手信号により停車した。

「刑事さん、しばらく信号待ちですね」

と言ったが返事がない、運転士が後ろを振り向くと、能登川と松阪は、乗り物酔いのためか座席でぐったりしていた。

第六章　不信

九月四日水曜日　午前五時――

敦賀駅前にあるビジネスホテルの一室では、松阪が悪夢にうなされていた。その夢は、駅のホームで凶悪犯を追いかけているものだった。松阪は、停車している電車の先頭車両に凶悪犯を追い詰めた。その車両は、運転台へ入るための乗務員用扉はあるが、乗客の出入りする扉がない車両だった。松阪は、犯人を確保できることを確信し、少しずつ犯人との距離を縮めていく。しかし犯人は、通常鍵が掛かっているはずの乗務員用扉を開けて乗務員室に入り、扉の内鍵を掛けて線路に飛び降り、逃走してしまった。

松阪は悔しさのあまり、乗務員用扉を拳で叩くのだが、車外では列車の発車メロディーが流れていて、列車が発車したところで目が覚め、ベッドから飛び起きた。

夢だと分かった松阪がベッドサイドに目を向けると、スマートフォンが着信を知らせていた。その着信音は、東京駅九番ホームの発車メロディーが設定されていた。

松阪は、眠い目を擦りながら電話を取った。

「はい、松阪です」

「いつまで寝てるんだよ」

電話の相手は能登川だった。

「警部、おはようございます」

「松っちゃん、電車に乗ろう。六時一六分発の普通福井行きに乗るから早く支度して」

捜査に行き詰まった時は電車に乗り、電車の中で考えるのが能登川の流儀だった。

「はい、警部。ただいま準備いたします」


二人はホテルをチェックアウトして、敦賀駅へと歩いていた。

「松っちゃん、昨日の車の持ち主は分かったか」

「はい、所有者の住所は、東京都世田谷区の浅香二郎となってまして、今日、三浦と大谷に所有者の所へ行って確認するようにと伝えました。それから、車の行方についてですが、福井県警にも協力を要請して捜索しておりますが、まだ発見されておりません」

「発見されてないか。ということは、まだ敦賀半島の何処かに隠れているのかも知れないな」

二人は改札を通り、六時一六分発の普通列車福井行きに乗り込んだ。能登川は窓の外を見つめながらずっと考えていた。三〇分程乗車すると、電車の車内放送で武生駅への到着を知らせていた。

「松っちゃん、降りるぞ」

「ええ、ここですか」

福井行きの電車は、六時四八分に武生駅に到着した。改札を出た二人は何も言わないまま、自然と福武線越前武生駅の方角に向かって歩き始めた。

「松っちゃん。新幹線のこだま号といい、昨日の蠑螺ヶ岳といい、俺達、何かに振り回されているような気がするなあ」

「そうですね。警部、もうすぐ越前武生駅に着きますよ」

「よし、福井鉄道に乗って、西洋紡の本社に行こう。次の電車は、七時一〇分発普通の福大前西福井行きか、ちょうどいい、あれに乗ろう」

能登川は切符を買うため券売機に向かった。すると松阪が、電車の発車時刻案内を指差して言った。

「あれ、警部。七時一〇分の普通電車の後、一一分後の七時二一分に、急行の田原町行きがありますよ。急行に乗った方が早く着くんじゃないですか」

能登川も、電車の発車時刻案内を見上げた。

「一一分後に出る急行か」

すると、二人の近くにいた駅員が話しかけてきた。

「どちらまでご利用ですか」

「商工会議所前まで行きたいんですが」

「それでしたら、普通電車の福大前西福井行きが早く着きます」

松阪が、不思議そうな顔で駅員に尋ねた。

「急行が早そうに思いますが、普通の方が早く着くんですか」

「はい、確かに急行は所要時間は短いんですが、福井鉄道はほとんどが単線ですので、途中の駅で急行が普通を追い抜いていくことはありません。田原町まで普通電車が先に着きます」

「ありがとうございます。じゃあ、普通で行こう」

七時一〇分発、普通電車福大前西福井行きは、越前武生駅を静かに発車した。

しばらくすると、能登川と松阪は昨日の登山の疲れと、電車の心地よい揺れで眠り込んでしまった。電車は各駅に停車するが、二人は起きることなく、電車は赤十字前駅に到着した。

電車は赤十字前駅を発車すると、三〇〇メートル程走行した所で、ブレーキの金属音を響かせて急停車した。車内の通路に立っていた乗客がよろめき悲鳴を上げた。

能登川と松阪は、そのブレーキ音と乗客の悲鳴で目を覚ました。

「何だ、なんだ。事件か、事故か」

すると、運転士からの車内アナウンスが入る。

「只今、踏切内に人の立ち入りがありましたため、電車を緊急停車させました。踏切の安全確認が完了次第発車いたします」

能登川が小声で呟く。

「踏切を無理に渡ろうとしたのかな。迷惑な話だが、俺達にはちょうどいい目覚ましになった。次が商工会議所前だ、次で降りるよ」

しばらくすると電車は再び動き出し、七時五四分に商工会議所前駅に到着した。

電車を降りた能登川と松阪は、駅前にある西洋紡績本社の一階ロビーに入って行った。

「警部、受付には誰もいませんね。ロビーの中も静かですし」

するとロビーの奥から足音が聞こえてきた。姿を現したのは警備員だった。

「まだ営業開始前なんですが、何かご用でしょうか」

能登川と松阪は警察の身分証を取り出して言った。

「朝早くにお邪魔して申し訳ありません。実は私、警察の者でして、東京の田町警察署から参りました能登川と申します」

「同じく、松阪と申します」

「ああ、東京の刑事さん。ひょっとして、栁辻君のことで来られたんですか」

「はい、そうです」

「あいにく社長も副社長もまだ東京におりまして、事件についてお話しできる者がおりませんが」

「いえいえ大丈夫です。実は先日、東京支社で社長と副社長にお会いすることができまして、いろいろとお話は伺いました。今日は、近くまで来ましたので、一度福井の本社を拝見したいと思いまして、寄ってみただけなんです」

「そうでしたか。それにしても栁辻君は、あんな事件に巻き込まれるなんて、可哀想に」

　能登川と松阪は顔を見合わせて、首をかしげる。再び能登川が尋ねた。

「椥辻さんのことをご存じなんですか？」

「ええ、よく知ってますよ。あっ、申し遅れましたが、私、越前警備保障の坂田と申します。実は私、昨年までこの西洋紡に勤めておりましたが、定年退職しまして、今の警備会社に勤めることになりました。私、長年勤めてきたこの西洋紡に愛着がありましてね。今の会社に入る時、何となく西洋紡で勤務できないか聞いてみたら、人が足りなかったそうでＯＫでした。会社は去りましたが、今では守衛として働かせてもらってるんですよ」

「なるほど、それでは西洋紡では、どの部署に勤めておられたんですか」

「私は総務部一筋ですよ。椥辻君が新入社員で入ってきて、総務部に配属になって、仕事を教えたのは私ですからね」

　能登川は、直感で事件の糸口が見えたと思った。更に能登川は尋ねる。

「そうでしたか、もしよろしければ、西洋紡についていろいろと教えていただけないでしょうか」

「ええ、いいですよ。何がお知りになりたいんでしょうか」

「西洋紡の経営面で、何かおかしなことはありませんでしたか」

「おかしなこと……ですか。西洋紡は黒字ですよ。黒字といっても、本業の紡績よりも、製薬部門の方が好調ですがね」

「製薬部門？」

「ええ、今や紡績会社というよりも、製薬メーカーと言った方がいいぐらいです。これも時代の流れですかね。今年で創業一二五年になる老舗紡績会社なんですがね」

　それを聞いた松阪は、目を丸くして尋ねた。

「一二五年ですか。歴史のある会社なんですね」

「西洋紡の前身は、南条郡《なんじょうぐん》燧村《ひうちむら》の小さな工場でした。今は、いくつかの村が合併して南越前町になりましたが、村の名前だった燧という名は今も残っています。昔は冬になると、雪が一晩に二メートル位積もる豪雪地帯で、冬の間は陸の孤島になるような村でした。そんな環境だから冬の間は内職のようにコツコツと糸を紡いで、春になると売りに行くという生活をしていたんですが、創業者の田中吉左衛門が、この本社のある福井へ工場を移したことで、飛躍的に生産量を増やし、大企業へと成長させたんです」

「そういえば、今日ここに来る途中、南条という駅があったたな」

「そうです、その南条駅から東へ一〇キロ程行った山間部に燧村がありました。これは私が定年退職する少し前に、噂話として聞いた話なんですが、今から五年後に西洋紡は創立一三〇周年を迎えます。その節目の年に、創業の地である旧燧村に会社のPRも兼ねて、西洋紡ミュージアムの建設計画があるらしいんです」

「西洋紡ミュージアム？」

「ええ、過疎化が進む南越前町の地域振興の役に立ちたいそうなんですが、燧村があった現在の場所は、近くにダムができたため、人は住んでいません。そんな所に博物館を建てても一体誰が来るんでしょう。反対する者が多い中、社長一人がやる気満々だったようです」

「その後、西洋紡ミュージアムの話はどうなりましたか」

「私は退職しましたからよく分かりませんが、噂話にもなっていないから、社長は諦めたんじゃないでしょうか。椥辻君がいれば予算管理をしていたから分かると思うんですが……。何で、あんないいやつが、こんなことになるなんて、こんな俺よりも早く死ぬなんて……」

　次第に警備員の坂田の目には涙が溢れ、とうとう泣き出してしまった。その泣き声は一階ロビーに響き渡った。

能登川が坂田の肩に手を当てて言った。

「坂田さん、もう泣かないで下さい。私達はこれで失礼しますから、また何かありましたら私達に教えて下さい」

坂田は泣きながら答えた。

「ええ、刑事さん、いつでも寄って下さい」


能登川と松阪は、西洋紡本社の外へ出た。

「警部、あんなに泣く人とは思いませんでしたね」

「そうだね、でもいろいろ知ってそうだから、またいつか坂田さんを訪ねることになるかも知れんな」

二人が商工会議所前駅の方へ歩き始めた時、能登川のスマートフォンが鳴った。相手は敦賀で捜査をしている大野刑事だった。

「警部、手配中の車が発見されました」

「よし分かった。我々は今、福井市内にいるんだが、そっちに向かう。松っちゃん、時刻表出してくれる」

松阪が時刻表を差し出す。

「今からだと、福井から九時三六分発の特急しらさぎ56号に乗って行くから、一〇時九分に敦賀駅に着くね。その頃に敦賀駅まで迎えに来てくれないか」

「一〇時九分に敦賀駅ですね、分かりました」

電話を終えて、二人は商工会議所前駅のベンチに座り、電車が来るのを待っていた。その時松阪が言った。

「警部、今日は朝早くから西洋紡の本社に来て良かったですね。さっきの坂田さんに会えたのは大きな収穫ですよ。西洋紡の事情をいろいろ知ってそうですね。悪く言うと、おしゃべり好きっていうか」

「そうだね、我々警察にとっては、おしゃべり好きな人から話が聞けるのは大歓迎だけどね」

「警部、福井駅行きの電車が来ましたよ。あれは以前、岐阜市内を走っていた美濃鉄道の８８０形ですね」

「よし、短い区間ではあるが、路面電車の旅を楽しもう」

商工会議所前駅を八時四六分に発車した電車は、八時五一分に福井城址大名町駅で、電車の進行方向を変え、福井鉄道の福井駅に向かう。福井駅には八時五九分に到着した。そして、電車を乗り換えるため福井駅へ向かう。

「警部、昨日の車が見つかっても、運転をしていた男性は見つかっていないんですよね。あの男性は、今回の事件と何か関係があるんでしょうか」

「そうだね。あの男が操縦していた、ドローンの使用目的も気になるね」

　能登川と松阪は福井駅の改札を通り、上りの五番ホームに着いた。列車を待つ間に、隣の下りホームからは、福井駅を九時一九分に発車する普通列車金沢行きのアナウンスが聞こえてきた。

『この列車は、普通金沢行きです。森田、春江、丸岡の順に、各駅に停車します』

　下りホームから聞こえてきたアナウンスを聞いて、能登川は苦笑いした。

「森田はるえと平岩進。あの二人には参ったね。今頃どこかで列車の撮影をしているんだろうな」

「福井に一ヶ月程滞在するって言ってましたね」

「あの二人にもまた会ってみたいね。松っちゃん、そろそろ列車が到着するよ、自由席へ行こう」

　二人は、しらさぎ56号に乗ると、約三〇分の所要時間で敦賀駅に到着した。

　改札口では村上刑事が待っていた。

「警部、こちらです。詳しいことは車の中で」

「よし、分かった」

三人は大野刑事が用意した車に乗り込んだ。そして、大野刑事が発見された車について、経緯を説明した。

「車は、今朝七時頃、地元の人から不審な車が止まっているとの通報で発見されました。発見された場所は、地元の人もあまり通らない旧道で、人目につきにくい場所です。車の所有者は浅香二郎といいまして、早速、三浦と大谷に所有者の自宅へ行ってもらいました。その結果について先程電話があったんですが、話によるとかなりの資産家で、車好きなので、自宅には珍しい車ばかり一〇台所有しているそうです」

「車を一〇台も所有しているのか」

「ええ、そのため、車が盗まれたことに気が付かず、盗難届を出していなかったとのことです。今回の事件とは関係なさそうですね」

「車を盗まれたことに気が付かなかったって、車の鍵はどうしてたの」

「所有者の車庫は、シャッターのないカーポートタイプの車庫で、何とも不用心な話なんですが、車の鍵は、運転席のフロアマットの下に隠してあって、いつでも動かせるようにしてたそうです」

「へえー、金持ちは違うね。まるで車を盗んでちょうだいって言ってるようなもんじゃないか。その浅香っていう人は、一体何をやってる人なんだ」

「不動産会社を経営してるそうです。警部、もうすぐ現場に到着します」

　盗難車が発見された現場には、敦賀中央署の捜査員達も来ていた。大野刑事が能登川に言った。

「警部、この車を押収して調べましょう」

「えっ、この車押収しちゃうの？　田町署が？　別に押収までしなくてもいいんじゃないかな」

「でも、この車に乗っていた男、職務質問しようとした時、逃げたんですよね」

「うん、逃げた。でも押収となると、この車を田町署まで運ぶのに経費かかるから、駐車違反車両ということで敦賀中央署に預かってもらって、所有者の浅香二郎に取りに来させればいいんじゃないか」

「でも警部、持ち主の許可なく車を使用した者がいるわけですから、押収して車を調べた方がよろしいのでは」

「あのね、能登川のおじちゃんは、疲れちまったんだよ。この車は駐車違反な。あとは敦賀中央署の皆さんに任せて、一度東京に帰ろう。東京にな。はい、押収はしませーん。あと、よろしく」

能登川は、敦賀中央署の捜査員の肩をポンポンと叩き、車に乗り込んでしまった。

能登川達が敦賀駅まで戻ってくると、敦賀駅を一二時一〇分に発車する、しらさぎ58号に乗り込んだ。米原で、ひかり650号に乗り換え、品川には一五時五分に到着する予定だ。能登川が村上刑事に言った。

「品川に着いたら、すぐ署に戻って、捜査会議をしたいと思っている。みんなを集めてくれないか」

「はい、分かりました。メールを一斉送信しておきます」

予定通り品川駅に到着した四人は、すぐに田町署の捜査本部がある会議室に向かった。しばらくすると、この事件の陣頭指揮を執る石岡副署長が険しい表情で入ってきた。石岡は、捜査本部長の席の前まで来ると、立ったまま能登川と松阪の顔を見て言った。

「能登川ちゃん、松阪ちゃん。君達は敦賀半島の蠑螺ヶ岳まで登ってきて、何の手掛かりもなく帰って来たそうだね」

「はい、申し訳ありません」

「一体何やってんのよ。敦賀といえばだよ、明治一五年、日本海側で初めて鉄道が通った、いわば鉄道の街だ。そんな鉄道の街で容疑者も特定できなかったなんて、電車に乗って敦賀を楽しんできただけじゃないの」

「いいえ、そんなことはありません」

「この事件は、田町署の目と鼻の先で起きたんだよ。田町署に対する挑戦とも受け取れる大事件だ。もっとしっかり捜査してくれなきゃ困るよ」

「はい、分かりました」

「あーあ、僕も敦賀に行きたかったよ」

第七章　動機

九月二九日　日曜日――

その後大きな手掛かりはなく、一ヶ月が過ぎようとしていた。

午前六時四〇分、能登川と松阪は、魚籃坂下バス停近くの交差点にいた。

「警部、やはり日曜日の早朝は、車も人通りも少ないですね」

「そうだね、これじゃ目撃者を探すのは大変だよ」

しばらくすると、田町駅前行きのバスが来て、魚籃坂下バス停に停車した。その時、降車した乗客は一名のみで、乗車する客はいなかった。

「松っちゃん、犯人になったつもりで魚籃坂を登ってみるか」

すると松阪は、新村の特徴ある、下顎が少し前にしゃくれた顔の真似をした。その顔で口をポカンと開けて、猫背で歩くのが新村の特徴だった。

「はい、警部。新村鉄男ができました」

「顔真似はしなくていいの」

能登川は、あっさりと受け流した。

坂の上まで登りきると、今度は伊皿子坂となって下っていく。坂を下りきると、第一京浜道路に出る。そして、高輪大木戸跡交差点を渡り、高輪橋架道橋下へ入って行った。

「よし、ここまで一〇分で来れたな。ここからは、警察犬成田号が辿ったように行ってみよう」

二人は、事件現場から第一京浜道路の方角へ戻って行き、高輪大木戸跡交差点まで戻った。

「ここで成田号は動かなくなった。品川周辺のタクシー会社を調べても、九月一日の朝七時頃に、ここから客を乗せたタクシーはなかった。誰か共犯がいて、その共犯者の車で逃走したのかも知れないな」

「警部、後ろには泉岳寺駅の入口がありますね」

「松っちゃん、せっかくなので泉岳寺駅も寄ってみるか」

「はい、寄ってみましょう」

泉岳寺駅は、東京と神奈川を結ぶ、京神《けいしん》急行電鉄の駅だ。地下の改札口近くには、京神急行をＰＲする大きな電光式の看板があり、その看板には、京神急行のイメージキャラクターであるタレント二人が、走り出すような格好で電車の速さを表現していた。その広告のキャッチコピーは、『京神でビュン、羽田空港』と書かれてあった。

能登川は、その看板広告をじっと見つめながら小さな声でつぶやいた。

「京神でビュン、羽田空港」

しばらくすると、二人が看板を見つめている所へ、一人の初老の男性が近づいて来て、二人の顔を覗き込みながら言った。

「おめえさん達、羽田のしこうじょうまで行くのかい？」

「ええ、まあ」

その男性は、生粋の江戸っ子の喋り方であった。

能登川は東京の神田生まれであるため、男性の言う言葉はすぐに理解できたが、京都出身の松阪には何を言ってるのか分からなかった。

「ほおー、そうかい。このケーシン急行ってのはな、そらあーもう、はええの早くねえのって、羽田のしこうじょうまで、ばびゅーんと、まっしぐらよ」

そして、初老の男性は、能登川と松阪の肩をポンポンと叩いた。

「じゃ、達者でな」

そう言って、出口方向に去って行った。

「警部、お知り合いですか」

「いや、知らない人。改札口にカメラがあるね、念のために見せてもらおうか」

二人は、駅事務室へ向かった。

「私、田町警察署の能登川と申します」

「同じく松阪です」

「あの防犯カメラの映像を拝見したいのですが」

「ご苦労様です。防犯カメラですね。それでは事務室の中へお入り下さい」

「九月一日の午前七時頃を見たいんですが」

「九月一日ですね。再生します」

「警部、いました、バス停にいた女性ですよ。時刻は、七時一五分ですね」

「松っちゃん、時刻表あるかい」

「警部、すみません、時刻表は車の中です」

「時刻表なら泉岳寺駅のものを使って下さい」

駅員が事務所用の時刻表を持って来た。

「ありがとうございます、お借りします。ちなみに九月一日なんですが、この泉岳寺駅で、何か変わったことはありませんでしたか」

「九月一日ですか。業務日報を調べてみます」

駅員は業務日報を取り出し、ページをめくった。

「九月一日は、早朝の始発前から発生したトラブルがありました。今通って来られたと思うんですが、A出口付近には水道管が通っておりまして、その水道管が老朽化で亀裂が入っていたらしく、漏水で階段が水浸しになって、お客様にご迷惑をかけたことがありました。その他には、特に変わったことは報告されていませんね」

「そうでしたか。それでは、もう一つお尋ねしたいんですが、九月一日の七時一五分以降で、羽田空港へ行く電車は何分にありますか」

「九月一日は、休日ダイヤになりますので、七時一八分発の空港特急羽田空港行きがあります」

「その電車ですと、羽田空港には何時に着きますか」

「羽田空港には、七時四五分に着きます」

「空港まで二七分か。この防犯カメラの映像をお借りできますか」

「ええ、もちろんです。どうぞお使い下さい」

二人は数分後に駅事務室を出て、階段を上がり地上へ出た。

「松っちゃん、この階段が水浸しだったなんて、成田号が分からなかったのも無理ないな」

「しかし警部、バス停にいた女性が泉岳寺駅の防犯カメラにも写ってましたね」

「そうだね、あの女性、何となく田中平子副社長に似てるんだよな。仮に副社長が犯人だとしても、動機は何だ。それに必殺仕事人みたいに殺害する技があるんだろうか」

「依然として発見されていない椥辻さんの鞄が事件解決の鍵になるかも知れませんね。何かとんでもない企業秘密が入っていたのではないでしょうか」

能登川と松阪は覆面パトカーに乗り込むと、松阪がパトカーの中にあった時刻表を取り出しページを開いた。

「警部、私は事件発生当日に、社長と副社長が時間差で福井から東京に来たのが引っかかるんですよ」

「副社長は新商品発表会の引き継ぎに時間がかかったとか言ってたね」

「もし副社長が事件に関与していたとしたら、前日の八月三一日に東京に入っていないと不可能です。前日にホテルを抜け出し、新幹線で東京へ来て、翌朝犯行に及んだとしたら、福井を一九時四二分に発車するしらさぎ16号で米原まで行き、米原から二一時四分に発車する、ひかり666号に乗り換えたとすると、品川には二三時一分に着きます。新村は魚籃坂下バス停が近くなった所でバスを停めるよう言ってましたから、あのバス停にいた女性は、バスを待ち伏せしていたのではないでしょうか」

「そこで鞄を奪い、高輪橋架道橋下で新村を殺害した。新村と副社長との間に接点があったかどうかが分からんが、まあいい。泉岳寺駅から福井まで戻るとしたら、福井には何時に着くのかな」

「泉岳寺駅から京神急行に乗って羽田空港へ行くと、先程駅員さんが言ってた空港特急ならば、七時四五分に着きます。もし、ここから福井へ戻って、ホテルにいたように見せかけるとしたら、八時四〇分発ブルースカイ航空の小松行き、小松到着九時四五分があります。小松から福井までの距離は約五〇キロメートルですから、タクシーで高速道路を走ったなら、一時間以内にホテルに着いたでしょう」

「小松空港を一〇時に出たとしても、一一時前には福井に着いてたのか。それじゃ、副社長が遅れて乗車したと言ってる福井駅一一時三六分発の、しらさぎ58号に乗れるってことだね」

「警部。栁辻透、新村鉄男、そして副社長の田中平子、この三人の関係を調べてみないといけませんね」

能登川は腕時計を見た。

「今は八時か。松っちゃん、西洋紡の東京支社に行ってくれないか」

「西洋紡ですね、分かりました」


八時一〇分、二人は西洋紡東京支社に到着した。しかし、一階ロビーの受付には誰もいない。能登川は頭を掻きながら言った。

「ちょっと早かったかなあ」

「警部、またしても営業時間にはなっていないようですね」

するど、ロビーの奥の方から足音が近づいてきた。

「ああ、先日の刑事さんじゃないですか。おはようございます」

その人物は、事件当日に守衛をしていた警備員だった。

「この前の事件のことでしたら、専務が今朝早くから出社しておりますが」

「それでは田中専務に取り次いでいただけますか」

「では、電話で確認いたします。しばらくお待ち下さい」

警備員が内線電話をかけた。

「専務は、先日ご案内した五階の会議室におりますので、そちらのエレベーターをご利用下さい」

「ありがとうございます。お邪魔します」

二人は五階の会議室に入って行った。

「失礼します」

「朝早くからご苦労様です。今日は、どういったご用件でしょうか」

「いや、近くまで来たものですから、ひかりさんのお顔を拝見しようと思いまして」

「まあ、刑事さん、お上手ですこと。それよりも、何か分かりましたか」

「いや、大した話ではないんですが、事件のあった日にですね、副社長に似た人が品川周辺で目撃されてるんですが、例えばこんな感じで」

能登川は、魚籃坂下バス停でバスを待つ女性の写真を取り出し、田中ひかりに見せながら言った。

「他人の空似だとは思うんですが、この時間、副社長は福井におられたんですよね」

「ええ、間違いなく。九月一日は、福井グランドホテルで当社の新商品の発表会がありましたので、八月三一日から九月一日まで、準備の関係で福井グランドホテルに缶詰だったと聞いております。業務上の報告は常に電話で行っておりますが、副社長は仕事に集中している時は携帯の電源を切ることがよくありまして、八月三一日に電話をかけた時は、電源は切った状態でした。その日は、どうしても報告しなければならない案件がありましたので、ホテルの代表番号に電話をかけて、客室に取り次いでもらいました」

「それは、何時頃でしたか」

田中ひかりは、スマートフォンを取り出して、通話履歴を確認した。

「二一時二八分になってますね。『明日の準備が忙しいから用件は手短に』と言われましたので、要点を整理して伝えたつもりなんですが、私の話が長かったのか副社長は『今、ルームサービスが来たから後にして。冷めるとご馳走がおいしくなくなるからね』と言って電話を切られてしまったんです」

「電話を切られた時間は何時でしたか」

「通話時間が約二分でしたので、二一時三〇分頃だと思います」

「二一時三〇分か……」

松阪は、一瞬苦い顔をした。

「もう一つだけお聞きしたいんですが、西洋紡さんは、五年後に創立一三〇周年を迎えられますね。何か記念式典でもされるんですか」

「刑事さん、当社が創立一三〇周年を迎えるなんて、よくご存じですね。会長兼社長は、創業の地である南越前町の旧燧村に恩返しがしたいとのことで、西洋紡ミュージアムと、遊園地のような遊具もあるテーマパークの建設構想を提案されました」

「ほお、テーマパークを造るんですか」

「ただ、それには問題も多くありまして、そのテーマパークに行くにしても、旧燧村のあった燧地区は最寄り駅の南条駅からは一〇キロ以上離れた所にありますし、隣の岐阜県からの道もないため道路は行き止まりになっています。道路の拡幅工事をする話があったんですが、山間部ですので落石が多く、集落の人口減少も激しいから、道路の拡幅工事は白紙撤回されてしまいました。隣の県へ行ける道があればドライブコースとなって利用者が見込めると思いますが、現状では赤字になるのは目に見えてます。それでも社長は西洋紡ミュージアムを造りたいと言っているんですが、反対意見が多いため、構想はくすぶっている状態です。刑事さんも、また福井に行くことがありましたら、旧燧村に行ってみて下さい。静かでいい所ですよ」

「そうですか、燧村ね……。今日は、朝早くからありがとうございました」

「早く犯人が捕まるといいですね」

田中ひかりは、眩しいくらいの笑顔で能登川と松阪を見送った。

能登川と松阪は、西洋紡の一階ロビーを出てから西洋紡ビルを見上げた。

「二一時三〇分にルームサービスか。ホテルを抜け出して、新幹線で東京に来るのは無理だな」

「警部、やはりバス停にいた女性は他人の空似なんですかね」

「うん……念のため、羽田空港も調べてから署に戻ろうか。午後から捜査会議をするから、松っちゃんはみんなを集めてくれ」

「はい、分かりました」

九月二九日　一三時三〇分――

能登川と松阪は田町警察署に戻り、捜査会議をするため会議室に入った。

「よし、みんな集まってくれ、捜査会議を始めよう。この事件の発端はバスジャック事件だ。西洋紡の社員で、死亡した栁辻透さんは経理課長をしていた人物であり、西洋紡の金の流れを知っていたと思われる。そして、事件当日に栁辻さんが所持していた鞄が未だに発見されていない。私は、この鞄の中身がこの事件の重要な鍵を握っていると思っている。幸いにも城西バスにはドライブレコーダーが搭載されていたので、車内外の様子が一部始終記録されていた。この写真は、魚籃坂下バス停の映像をプリントアウトしたものだが、このバス停に、副社長である田中平子に似た人物が写っていた。副社長と、工場の従業員である新村鉄男との接点がまだ分かってないんだが、私はこの人物が栂辻さんの鞄を奪い、高輪橋架道橋下で新村を殺害したものと睨んでいる。ただ問題なのは、副社長はこの時間、福井にある福井グランドホテルにいたと言ってることなんだ」

話を聞いていた、最年長の刑事である飯沼が能登川に質問した。

「警部、この副社長には双子の姉妹がいたんではないですか」

「いや、いない。これは私と松っちゃんの推理なんだが、ホテルにいたように見せかけるため、前日の夜にホテルを抜け出し、東京に来ていたのではないかと考えたんだ。新村殺害後の足取りを警察犬成田号に辿ってもらったが、高輪大木戸跡交差点付近で見失ってしまった。当初は、タクシーなど車を利用したのではないかと考えていたんだが、近くの泉岳寺駅を調べたところ、この女性が改札口にある防犯カメラに写っていた。この日は、地下へ降りる階段が水道管の水漏れで水浸しになっていたそうだ。そのため成田号が行方を見失ったものと考えられる。そして、この女性が泉岳寺駅を七時一八分発の空港特急に乗ったとすると、羽田空港には七時四五分に着くんだ。つまり、羽田空港八時四〇分に出発するブルースカイ航空の小松行きに間に合うんだ。今日の午前中に羽田空港に行って、小松行きの搭乗改札口にある防犯カメラの映像を確認したところ、この女性がしっかりと写っていたよ。ただ、搭乗者名簿を照会したところ、田中平子の名前はなかったから、当日偽名を使って航空券を購入したのかも知れない」

能登川の前で話を聞いていた飯沼刑事は、再び能登川に質問した。

「警部、小松空港から福井グランドホテルまでは、どのぐらい離れてるんですかね」

「約五〇キロだ。空港からタクシーで高速道路を利用すれば、午前一一時前には着いていたに違いない。事件後、東京に来る時乗ったと言ってる、福井駅を一一時三六分に発車する、しらさぎ58号にも間に合うってことだね。ここで問題なのは、前日の夜にどうやって東京に来たのかだ。福井から東京まで新幹線で来るとなると、一番遅い列車は、福井駅を一九時四二分に発車するしらさぎ16号に乗らなければならない。しかし、この日は、田中ひかり専務が二一時三〇分頃に、ホテルの代表電話から客室へ電話を取り次いでもらい、副社長と電話をしていることが分かった。更に同時刻、副社長はホテルのルームサービスを頼んだらしく、二一時三〇分頃、客室へ食事が運ばれたことが分かった。このことは先程ホテルに確認したのだが、間違いなく副社長はルームサービスを利用してたとの回答があった。一体どうやってホテルを抜け出したんだ」

するると、再び飯沼が質問をした。

「警部、福井には夜行バスはないんでしょうか」

「夜行バス、松っちゃん、時刻表調べて」

「警部、福井二一時五〇分発、新宿経由東京行きの夜行バスがありました。これに乗ると新宿には翌朝五時三〇分に着きます。新宿からは、タクシーに乗れば魚籃坂下バス停を六時四六分に発車する、田町駅前行きのバスを待ち伏せることが可能です」

捜査会議をしている会議室は、張り詰めた空気に包まれていた。

その時、会議室の後方の扉が開いて大野刑事と村上刑事が入ってきた。

「警部、遅くなりました。廃校になった敦賀の西浦学園を調べてみたんですが、えらいことが分かりました。アルバムの写真を借りてきましたので、これを見て下さい。田中平子と新村鉄男は高校の時、西浦学園に転校していて、二人は同級生だったことが分かりました。転校の理由などは、学校が廃校になってるため調べるのに少々時間はかかりますが、当時の校長先生が定年退職後、東京に住んでいることが分かりました」

「へえー東京にね、で、東京のどこだい」

「檜原村だそうです」

「檜原村か、いい所に住んでいるんだね」

アルバムの写真をじっと見つめていた松阪が発言した。

「警部、このアルバムの端に写っている男子生徒は、蝶螺ヶ岳を下山した時にドローンを持って逃げた男性に似てませんか」

「本当だね。この人の名前は分かるかい」

「名簿も借りてきましたので調べてみます。名前は、島田哲也って言うようです」

「副社長は、子会社の社員のことはよく知らないと言ってたが、これで繋がったな。あとは犯行の動機が何だったかだ。大野、村上は帰ってきたばかりで悪いんだが、今から檜原村に行って、校長先生から話を聞いてみてもらえないかな。この島田哲也のことも」

「では、今から檜原村へ行ってきます」


一四時三〇分、田町警察署に電話が入った。

「警部、福井の越前武生警察署から、能登川警部宛に電話です」

「越前武生署。よし、繋いでくれ。はい、能登川ですが」

「私は越前武生署の土井と申します。実は、田町署が捜査されている高輪橋架道橋下で発生した事件に酷似した事案が発生しまして、捜査資料を拝見できないかと思いまして電話いたしました」

「どういった事件ですか」

能登川は、電話機の録音ボタンと、スピーカーボタンを押して他の捜査員にも話が聞こえるようにした。

「西洋紡績の会長兼社長の田中高光氏が、福井鉄道のフクラムという電車の車内で殺害されました」

「何ですって」

「その殺害方法が、首の後ろから、かんざしのようなもので一突きされてまして、プロの殺し屋による犯行とも思える殺害方法なんです」

「こちらの事件と似てますね。分かりました。メールで送れる資料は、すぐに送ります。私も今から福井に向かいます。一五時台の新幹線に乗れば、一九時頃には着けると思います」

「それは助かります。それでは武生駅でお待ちしております」

「松っちゃん、福井へ行こう」

「はい、警部」

「三浦と大谷にも来てもらいたいんだが、二人は飛行機で小松へ行って、空港の防犯カメラと、小松周辺のタクシー会社を調べてから福井へ来てくれないか。福井発の夜行バスも調べて欲しいんだが」

「はい、分かりました」

能登川と松阪は、田町署を出て田町駅に向かった。田町駅では片道の乗車券と自由席特急券を購入して、品川駅から一五時四〇分に発車する、ひかり649号に乗った。

「警部、ひかりは速いですね。米原駅の到着時刻は一七時四七分。米原からは一七時五六分に発車する、しらさぎ59号で武生到着が一八時四五分。米原駅の乗り換え時間は、九月二日に、こだま731号の11号車11番D席の男を尾行してた時と同じ時間ですよ」

「あの二人、まだ福井でビデオ撮影してるかな」

「また、あの二人に会ってみたいですね」

能登川と松阪は、米原でしらさぎ59号に乗り換え、一八時四五分に武生駅に到着した。駅前には越前武生署の捜査員、土井と中根が待っていた。

「田町署の能登川警部でしょうか。私、越前武生署の土井と申します。まず、遺体が発見された福井鉄道の越前武生駅はすぐ近くですので、先にそちらへ参りましょう」

「よろしくお願いします」

「車両は、現状保存のためそのままの状態にしてあります。社長の田中高光氏は、進行方向から数えて三両目、運転席に近い座席に座っていて、越前武生駅に到着後、車内点検をしていた運転士によって発見されました。当時この車両は、田原町駅を一二時五四分に発車する越前武生行きの普通電車として運用されておりました。死亡推定時刻は、一三時から一四時の間なんですが、運転士の話によると、三十八社《さんじゅうはっしゃ》駅辺りから三両目には乗客が乗っていなかったみたいで、目撃証言が得られておりません。どうやら全ての電車がワンマン運転で運行してるため、無人駅で下車する時は、先頭車両の一番前の扉まで行って、運転士に切符や運賃を渡さなければならないので、どうしても乗客は一両目に集まってしまうそうです。そのため、犯人がどこで田中高光氏を殺害したのかも特定できておりません。それと、先程解剖の結果が出たんですが、殺害方法は高輪橋架道橋下の事件と全く同じで、同一人物の犯行の可能性が高いとのことでした。それと、田中高光氏の体内からは、とても強い睡眠薬が検出されたとのことでした」

「土井さん、この車両や駅には防犯カメラが付いていていますか」

「ええ、付いているそうですが、ただ、フクラムの防犯カメラに不具合があったそうで、車内の映像は記録されておりませんでした。駅に付いている防犯カメラの映像は駅事務室で拝見できるように用意してもらいましたので、こちらへどうぞ」

能登川が防犯カメラの映像を見ながら言った。

「社長の乗車区間は、どこからどこまでか分かりますか」

「ええ、社長の所持品の中に、田原町から神明《しんめい》までの定期券がありましたので、おそらく田原町から神明まで行く予定だったと思われます」

「それでは、田原町一二時五四分発の普通電車が、田原町駅に入線した所から拝見できますか」

「分かりました」

「この電車だな。社長が乗った。副社長も乗ったんだ。ん、誰かに呼び止められたのかな。副社長が電車を降りたぞ。戻って来ない。電車が発車してしまった。少し早送りして次の電車を見せて下さい」

「はい、少し送ります」

「次の急行が入線した。あっ、副社長だ。次の電車に乗ったんだね。今度は降りて来ない。電車が田原町駅を発車したね。次に、神明駅一三時四六分発の電車を見せてもらえますか」

「はい、分かりました」

神明駅の防犯カメラは、改札口を中心に映していたため、電車は映っておらず、踏切の音と電車の走行音だけが頼りだった。

「これが一三時四六分神明駅発の電車ですね。降りたのは高校生が二人だけか。それでは次の電車を見せて下さい。次の電車は女性客が三名だけか。副社長が映ってないね。一体どこで降りたんだ。副社長に会って聞いてみないといけないな」

「田中副社長でしたら、ご遺体の確認のため、越前武生署に来られてましたよ。まだ署におられるかどうか確認してみます」

中根は、越前武生署に電話をした。

「まだ副社長は越前武生署におられましたので、お会いになりますか」

「是非、お願いします」

「それでは署の方へ参りましょう」

越前武生署に着くと、一階にある来客用の長椅子に、副社長の田中平子が呆然と座っていた。能登川と松阪が田中平子のもとへそっと近づく。

「あっ、刑事さん」

「この度は、ご愁傷様です。こんな時に何回もお尋ねするのは大変心苦しいのですが、事件の早期解決のためですので、ご協力いただけますか」

「はい」

「それでは、今日の社長のスケジュールをお聞かせ願えませんでしょうか」

田中平子は、スケジュール帳を出して答えた。

「今日の午前中は、田原町プラザで新商品の発表会がありまして、その発表会に出席しておりました。午後からは、鯖江工場での仕事が入っていたんですが、一度自宅に帰るため、田原町駅を一二時五四分に発車する、普通電車越前武生行きに、私と一緒に乗車しました。しかし、発車する直前で私の秘書がホームの安全柵の外から、私に戻ってきて欲しいと叫んでいたので、私は電車を降りて、社長には先に帰ってもらうことにしました。私は、田原町プラザに戻ると、そこには得意先の担当者様がいらっしゃって、渡し忘れた資料があったと言われましたので、その資料を受け取り、再び田原町駅に行きました。ちょうどその時、社長の乗った電車より一本遅い、一三時三分発の急行越前武生行きが来ましたので、それに乗ることができました。私は神明駅で降りて自宅に帰ったんですが、主人が帰った様子がなかったので、どこかで買い物か、それとも直接鯖江工場へ行ったのだろうと思い、自宅で待っていたんですが、越前武生署からの電話で主人が亡くなったことを知り、慌ててこちらに駆けつけたんです」

田中平子の話を聞いて、能登川が言った。

「えっ、おかしいですね。副社長は、一二時五四分発の電車の次に発車する、一三時三分発の電車に乗って神明駅で降りられたんですか」

「ええ、そうですが」

田中平子は、少し動揺した様子で返事をした。

「実は、神明駅には防犯カメラが付いてましてね、防犯カメラの映像をプリントアウトしてきたんですが、田原町駅を一二時五四分に発車した電車の到着時刻、つまり、神明駅一三時四六分に到着する電車と、その次に到着する電車、どちらにもあなたの姿は映っていませんでした。本当に一三時三分発の急行に乗って、神明駅で降りられたんですか」

田中平子は、神明駅の改札口が写し出された写真の駅事務室の所を指差して言った。

「神明駅の窓口はお昼、一三時から一四時の間は、窓口が閉まるんですよ。切符は電車を降りる時に、運転士さんに渡してしまえば駅の裏口からでも出ることができるんです。刑事さんは私を疑ってるんですか。私が主人を殺したとでも思ってるんですか」

　田中平子の表情は、怒りに満ちていた。

「いやいや、そうじゃないんですよ」

　能登川が苦笑いしながら言うと、田中平子が再び言い返した。

「私は、一本遅れた次の電車に乗ってるんですよ。どうやって主人が乗っているフクラムに乗れるんですか。タクシーで追いかけるんですか。それに、私が何故主人を殺さなければならないんですか」

　能登川は、田中平子を落ち着かせるように、ゆっくりとした口調で言った。

「それもそうですよね。これは大変失礼いたしました。何でも疑いの目で見てしまう、警察官の悪い癖ですね。では、もう一つだけお聞きしたいんですが、西洋紡テキスタイル関東工場に勤めておられた新村さんね。あなたの高校の時の同級生ではありませんか。西浦学園の」

　田中平子は、再び動揺した様子で答えた。

「新村なんて知りません。もうよろしいでしょうか」

「長々とお引き留めしてしまって、すみません。今日は、もう遅いですので、お気を付けてお帰り下さい」

田中平子は無言でその場を立ち去った。

能登川が松阪を見て言った。

「松っちゃん、どう思う。副社長、動揺してるよな」

「警部、明日、田原町駅一二時五四分発のフクラムに乗ってみませんか」

「そうだね、この電車には何か盲点があるのかも知れない。でも、一二時五四分まで待てないから、もう少し早いフクラムにしよう」

第八章　終着駅

九月三〇日　午前九時——

能登川と松阪は、福井城址大名町駅の上りホームにいた。

「警部、福井城址大名町駅で、今から何をするんですか」

「少し電車の写真を撮ってから、お仕事を始めようじゃないか。平日の朝は、いろんな車両を見ることができるからね」

「朝から撮鉄ですか、いいですね。撮りましょう、撮りましょう」

今日の二人は、通勤途中のサラリーマンと同じスーツ姿だから、電車に向かってカメラを向けている姿は、どことなく場違いな雰囲気であった。しかし二人は他人の目など気にすることなく、鉄道ファンの本領を発揮すべく、次々と電車の写真を撮っていた。

福井城址大名町駅を、九時一二分に発車する越前武生行きの電車を撮った後、能登川は次のターゲットとなる電車の時刻を調べるため、駅にある時刻表を見た。そして、変わった表記をした電車があることに気付いた。

「おや、この電車の発車時刻の下に、※印と『先』って書いてある電車がある。ほら、一〇時九分発の急行。駅名の頭に『先』が付く駅なんてあったっけ」

松阪には閃めくものがあった。

「先、先、先……。分かった。先斗町、ポント町ですよ、警部」

「先斗町？　先斗町は京都だろ。フクラムは京都まで行かないよ。まっ、先斗町でパーッとやりたい気持ちは分からんでもないが、それはこの事件が解決するまでおあずけだ」

能登川は、時刻表の下部にある備考欄を見た。そこにはこう書かれてあった。

※先＝先発の列車より先に福井城址大名町駅を鯖江・武生方面もしくは田原町方面に発車

「これはどういうことだ。福井駅に普通と急行が並ぶのか？　そして『※先』の列車が福井駅を先に発車するのか？」

能登川は持っていた福井鉄道のポケット時刻表を開いた。

❯ 田原町方面（下り）　❯ 越前武生方面（上り）

越前武生方面（上り）

6	② 06	② 27 福井駅経由	① 43	① 59 （神明まで急行 神明～越前武生：普通）		
7	② 08	② 40	② 57 福井駅行（休日運休）			
8	② 05 福井駅経由（休日運休）	② 10 ※先	① 22 休日運休	② 32	② 45	
9	① 12	② 29 福井駅経由	① 44	② 59 福井駅経由		
10	② 09 ※先	① 14	② 29 福井駅経由	① 44	② 59 福井駅経由	
11	② 09 ※先	① 14	② 29 福井駅経由	① 44	② 59 福井駅経由	
12	② 09 ※先	① 14	② 29 福井駅経由	① 44	② 59 福井駅経由	
13	② 09 ※先	① 14	② 29 福井駅経由	① 44	② 59 福井駅経由	
14	② 09 ※先	① 14	② 29 福井駅経由	① 44	② 59 福井駅経由	
15	② 09 ※先	① 14	② 29 福井駅経由	② 39 ※先	① 44	② 59 福井駅経由
16	② 09 ※先	① 14	② 29 福井駅経由	② 39 ※先	① 44	② 59 福井駅経由
17	② 09 ※先	① 14	② 29 福井駅経由	② 39 ※先	① 44	② 59 福井駅経由
18	② 09 ※先	① 14	② 29 福井駅経由	② 39 ※先	① 44	② 59 福井駅経由
19	② 09 ※先	① 14	② 29 福井駅経由	① 44	② 59 福井駅経由	
20	① 14	② 29 福井駅経由	① 44	② 59 福井駅経由		
21	① 14	② 29 福井駅経由	① 44			
22	② 15 福井駅経由	① 31	② 58 福井駅経由（土・休日運休）			
23	① 14 土・休日運休					

「松っちゃん、分かったぞ。今から田原町へ行こう」

「はい」

二人は、福井城址大名町駅を九時三六分に発車する田原町駅行きの電車に乗り、五分後の九時四一分に田原町駅に到着した。

電車を降りると、能登川のスマートフォンに電話が入った。電話の相手は、檜原村で西浦学園の元校長先生の自宅を訪ねていた、大野刑事からだった。

「警部、おはようございます。檜原村の人里《へんぼり》という集落に元校長先生の南条さんが住んでおられることが分かりまして、お会いすることができました。そしたら、えらいことが分かりました」

「ご苦労さん。えらいことってどんなことだ」

「副社長の田中平子は、西浦学園を卒業後、鍼灸師を養成する専門学校に進学したそうなんです。専門学校を卒業後は、福井市内の鍼灸院に勤めるようになり、何と驚くことに、その鍼灸院の患者が社長の田中高光だったんですよ」

「何だって、社長と副社長は、鍼灸院で知り合ったってことか。おまけに田中平子には東洋医学の知識もあったってことになるな」

「そうなんです。そして、もう一つ。西浦学園のアルバムに写っていた島田哲也についてですが、島田哲也は、西洋紡本社の秘書課長でした」

「何だって、ドローンを持って逃げたのは秘書課長だったのか」

「はい、警部の後をつけて捜査の進展を偵察してたのかも知れませんね。警部、武蔵五日市行きのバスが来ましたので、我々は一旦署に戻ります」

「ご苦労さん。こっちは後で西洋紡の本社に寄ってみるよ」


「警部、段々と副社長の化けの皮が剥がされてきましたね」

「しかし、動機が解明されていないから、まだ何とも言えないね。それじゃ、松っちゃん。九時五四分発の普通電車に乗って、越前武生駅まで行ってくれ。松っちゃんは社長役だ。俺は後発の急行に乗る」

「分かりました。早速乗り込みます」

普通電車の越前武生行きは、時間どおり九時五四分に発車した。

能登川は、副社長の証言を検証するため、腕時計を見ながら田原町プラザのロビーへ向かう。そして、ロビーで書類を受け取ったと想定して時間を計り、再び田原町駅へ戻った。かかった時間は往復で約五分だった。

次に、一〇時三分発の急行越前武生行きに乗る。五分後の一〇時八分に、福井城址大名町駅に到着すると、能登川は電車を降りて、二番ホームから一番ホームに向かった。

能登川が乗っていた急行電車は、一分後の一〇時九分に、福井駅方面へ行くことなく、越前武生駅に向かって発車した。

しばらくすると、松阪が乗っていた普通電車が福井駅から福井城址大名町駅の、一番ホームへ戻ってきた。能登川は、その普通電車に乗り松阪が座っている席へ行くと、松阪は驚きの表情で能登川に言った。

「警部、タクシーに乗って追いかけて来たんですか」

「いや、違うよ。田原町を次に発車する急行電車に乗って来たんだよ」

松阪は、不思議そうな顔で能登川を見た。

「これが、あの副社長が考えたトリックなんだよ。俺達が最初に福井に来て、田原町を八時ちょうどに発車する急行に乗った時は、福井駅を経由して越前武生に行った。それで、全ての急行は福井駅を経由してから越前武生へ向かうものと思い込んでしまったんだ。この時刻表を見てくれ」

能登川は、福井鉄道のポケット時刻表を開いた。

「急行電車が、田原町駅を出て、福井駅に停車するのは、八時〇〇分発の急行のみで、他の急行は全て福井駅を経由しないんだ。これは、昨日の事件があった電車も同じで、一二時五四分発の普通電車に、一旦は社長と副社長は一緒に乗ったのだが、副社長は呼び止められて、田原町プラザまで書類を取りに行くことになった。呼び止めたのは、おそらく秘書課長の島田哲也だろう。田原町駅から田原町プラザまでは、歩いて行ったとしても五分もあれば往復できる距離だ。だから、一三時三分発の急行に乗ることができる。この急行は、福井城址大名町駅に一三時八分に到着すると、副社長は、二番ホームから一番ホームに移動するんだ。その急行は福井駅には行かず、一三時九分に越前武生駅に向かい発車する。普通電車は、福井駅から福井城址大名町駅に戻って来て、一三時一四分に越前武生へ向かい発車する。おそらく、ここで副社長は乗り込んできたのだろう。これは、私の推理なんだが、副社長は田原町駅で社長と共に普通電車に乗った時、強い睡眠薬入りの飲み物を飲ませたんじゃないか。西洋紡は薬も作ってるって言ってたよね。あの副社長なら社内で睡眠薬を入手することは可能かも知れない」

しばらくすると、電車は商工会議所前駅に到着した。

すると、その駅で、見覚えのある一人の男性が乗車してきた。

能登川と松阪は、それが誰なのかすぐに分かったため、軽く会釈をした。初めて西洋紡本社に聞き込みに行った時に出会った、おしゃべりが好きそうな警備員だった。

「ああ、この前の刑事さん」

「おはようございます。お仕事の帰りですか」

「ええ、私の家は福武線の沿線にありますから、いつも電車です。今の仕事はほとんどが夜勤ですから、仕事の帰りは眠くなる時がありましてね、車を運転していて居眠りしてしまうといけませんから、電車で通勤してます」

「それはいいことです」

「今、社内は社長が亡くなって大変ですよ。どうやら社葬になるみたいです」

「社長さんは、社員の皆さんに慕われていたんですね」

「いえいえ、その逆です。取引先とかに対して世間体を考えてやってるだけで、社長が亡くなって喜んでいる者の方が多いと思いますよ。噂で聞いた話ですが、無類の鉄道好きで、会社の金でいろんな物を買い漁っていたとか聞いたことがあります。それと、『家が代々続く紡績業でなければ、自分は鉄道会社に就職して、電車の運転士になっていただろう』なんて、よく言ってましたよ」

「へえ、そうだったんですか。他には何かお金に関する話は聞いていますか」

警備員の坂田は、持っていた鞄の中からある資料を取り出した。

「刑事さん、これは誰にも内緒ですよ。これは、県内にある西洋紡のグループ会社の一覧表です。私達の警備会社は、ここにあるグループ会社の警備を定期的に交替して各社を回っているんですが、この、燧リゾート開発という会社だけは誰も警備に行ったことがないんです」

「この会社は、どういった会社なんですか」

「西洋紡は五年後に創業一三〇周年を迎えるんですがね、その記念事業として、創業の地である燧村があった場所に、西洋紡の博物館を中心としたテーマパークを造ろうとしてるんです」

「そうらしいですね。そのことは東京支社の田中専務からもお聞きしました」

「ああ、ご存じでしたか。それなら話は早い。基本的には金がかかりすぎるということで、建設反対の声があるんですが、役員連中にはイエスマンが多くて、唯一反対できるのが副社長の田中平子なんですよ。あの人、怖いですからね。そのため計画は止まっているはずなんですが、燧リゾート開発だけは毎年多額の赤字を出しているらしいんです。でも、この話は一部の役員しか知らない話らしくて、私の言っていることは噂話にすぎませんが」

「噂話でも結構です。もう少しお聞かせ願えませんか」

能登川は身を乗り出した。

「ええ、おそらく燧リゾート開発という会社は、会社の金を私物化するための、ペーパーカンパニーですよ。この住所を見て下さい」

警備員の坂田は、書類に書いてある住所を指差した。

「南越前町 燧風吹谷《ひうちかざぶきだに》二の八と書いてありますが、この辺りは廃村になって、今では人は住んでいないはずなんです。道路も災害で通行止めになっていたと思います。しかし、この周辺は田中家が所有する山林が数多くありますから、会社が所有している土地なのかも知れませんが、こんな場所では何も生まないと思いますね」

松阪は、スマートフォンの地図アプリを見ていた。

「本当ですね。この辺り、地図に何も載ってないですよ」

「これ以上詳しいことは分かりませんが、会社の金が不正に利用されてる気がしますね。刑事さん達も、一度燧村があった場所へ行ってみるといいですよ。何か分かるかも知れません」

「松っちゃん、ちょっと行ってみるか」

松阪は、時刻表を開き、時刻を調べた。

「この電車は、越前武生に一一時六分に着きますから、北陸線は一一時三二分発の電車に乗れますね。南条には一一時四〇分に着きます」

「あと刑事さん、南条の駅から燧へ行くバスがありますが、電話で予約しておいた方がいいですよ。乗客がいないとバスは運休になりますから。電話番号は役場のホームページに載ってます」

「いろいろと教えていただき、ありがとうございました」

「それでは私は次の駅で降りますので、ここで失礼いたします」

電車は、三十八社《さんじゅうはっしゃ》駅に到着し、警備員の坂田は降りていった。

「松っちゃん、おしゃべりが好きそうな人で良かったな」

「だいぶ見えてきましたね」

能登川と松阪が乗った普通電車の越前武生行きは、定刻の一一時六分に越前武生駅に到着した。

二人はすぐに武生駅に向かい、一一時三二分発の普通列車敦賀行きに乗り込む。そして、約八分の乗車時間で、旧燧村の最寄り駅である南条駅に到着した。

電車を降りて駅前を見渡すと、駅から少し離れた所にバス停があり、燧行きのバスが乗客の乗り換え待ちをしていた。二人はバスに乗り込むと運転士に尋ねた。

「すみません。昔、燧村があった場所まで行きたいんですが、このバスで行けますか」

「燧村までは行きませんが、終点まで乗っていただければ、そこが燧村の入口になります。ここから一〇キロ程離れてますね」

「では、終点までお願いします」

「はい、分かりました。でも、燧村のあった場所は、現在、人は住んでませんし、終点のバス停から更に五キロ程離れています。道路は崖崩れがよく発生しますので、通行止めになっているかも知れませんが、それでも行かれますか」

運転士は、どうやら二人を怪しい人物と思っている様子だった。

能登川は、ふと松阪の方を見て考えた。松阪は、今朝、福井城址大名町駅で撮り鉄をするために使用していたカメラを、未だに首からぶらさげていたのだ。

すると能登川は、とっさに言った。

「私達は、風景写真を撮ろうと思ってまして、日本の原風景を……な」

「はい、そうですね。先生」

松阪も機転を利かせて、写真家の助手のような態度を見せた。

「熊が出るかも知れませんので、気を付けて下さいね」

バスの運転士は、二人にアドバイスをしてからバスを発車させた。途中のバス停からはバスを待つ乗客はなく、二〇分程で終点のバス停に到着した。

能登川と松阪は、燧村があった方角に向けて、集落の中を歩き始めた。

その集落は、十軒程の民家が点在しているのだが、全く人の気配がない。しかし、畑仕事をしていた形跡はある。何故なら、枯れ草や稲藁を燃やした後の火が、弱々しくくすぶっているからだ。

だが、能登川と松阪は、誰かに見られているような強烈な視線を感じていた。

「松っちゃん、誰か俺達を狙っているんじゃないか」

「そうですね、誰かに見られているような感じはします」

すると、能登川の目に光が入ってきた。

「眩しい。ライフルで俺達を狙っているのか」

能登川と松阪は、とっさにしゃがみ、身を隠す態勢をとった。そして光の方向を見る。それは、おそらくカラスよけとして軒先に吊るしてある、古いコンパクトディスクが太陽光を反射して光っていただけだった。

二人は、背広の内ポケットに手を入れた。拳銃は所持する許可が出ていなかったたため持っていないが、折り畳み式の警棒なら内ポケットに持っていた。二人は警棒を握り締め、攻撃態勢を執った。

　すると、さっき二人が歩いてきた方向から、古めかしい軽四輪駆動車のパトカーが、青白い排気ガスの煙を巻き上げながら二人の前まで来て停車した。

「こんにちは、お二人は、ご旅行で来られたんですか……そんなワケないですよね。背広姿で。免許証か何かお持ちですか」

　この日の二人は、田中社長の葬儀会場で捜査をすることも想定していたため、黒の背広姿で南越前町を訪れていたのだった。

　能登川は、警察の身分証を取り出そうとして胸ポケットに手を入れた。

しかし、取り出して見せたものは、能登川―宗太郎間のパウチ加工した使用済み乗車券だった。

「実は私、こういう者です」

　それを見せられた警官は老眼であったため、右手で眼鏡を上の方にずらし、覗き込むようにして、それを見た。

「ん、なんですか、これは……切符?」

「あっ、間違えた」

て見せた。

再び能登川は、ポケットの中に手を入れて探す。そして、二つ折りの身分証を広げ
「わたくし、東京田町署の能登川と申します」

「同じく、松阪と申します」

警官は苦笑いしながら言った。

「何だ、東京の刑事さんですか。先程、怪しいセールスが来てるっていう通報がありましたので、飛んで来たんですよ」

「怪しいセールス？　俺達が？」

「こんな田舎の田んぼ道で、背広を着て歩いている人なんて滅多にいませんからね。いつも巡回で、ちょっとでも変わった人や、見知らぬ人がいたら連絡してくれって言ってあるんですよ。おーい、みんな、大丈夫だ、出てこい。この人達は警察の人やでの」

警官は民家の方を見て、福井弁で叫んだ。

すると、建物の陰から地区の住民が五～六人出てきた。皆、手には鎌や鍬、斧などを持って身構えていたが、すぐに手を下ろした。

「能登川警部とは知らず失礼いたしました。私は、越前武生署南越《なんえつ》駐在所から参りま

した早川と申します」

　すると、一人の老婆が話しかけてきた。

「駐在さん、この人達、本当に警察の人なんか」

「ああ、本当だ。こちらが東京の田町警察署から来られた能登川警部。そして、こちらが松阪さん」

「ああ、ほしたら申し訳ないことした。こんな田舎道で背広着て歩いてる人なんて滅多におらんから。ほれ、よくテレビでやってる、なんたら詐欺のセールスかと思って、駐在さんに電話したんや。ごめんの」

　能登川は苦笑いして応えた。

「特殊詐欺ね。でも、ちょっとでもおかしいと思ったら、我々警察に相談していただくのが一番ですから、大丈夫ですよ」

「警部、僕たちの目付き、そんなに悪かったんですかね」

「さあ、どうだろう。実は私達、昔、燧村があった場所に行きたいと思って来ました。燧村は、西洋紡績発祥の地だそうですね」

「能登川警部殿、ひょっとして、田中社長が殺害された事件について調べに来られたんですか」

「ええ、そうですが」

するとこの集落で最年長の男性が言った。

「この辺は昔、田中さんのお陰で人がぎょーさん住んでて、賑やかやった。工場があった燧村は、今でも田中さんの土地が多いんやざ。今は誰も住んでおらんから、道が通れるかどうか知らんけど。そういえば最近、燧村の方から汽車の汽笛が聞こえる時があるな」

すると、先程の老婆が、その男性に向かって言った。

「山の方から汽車の汽笛なんて聞いたことないわ、爺さんボケてもたんか」

能登川と松阪は、福井弁の会話についていけなかった。

「それでは行ける所まで行ってきます」

すると、南越駐在所の早川が言った。

「ああ、能登川警部、田中社長の事件は、越前武生署の事件でもありますので、私でよろしければ、燧村があった場所までご案内しますよ。私の相棒は古い軽自動車ですが、四輪駆動車ですので、狭くて急な山道でも力強く走りますよ」

「松っちゃん、お言葉に甘えちゃおうか」

「甘えちゃいましょう」

「それでは、乗って下さい」

二人が軽パトカーに乗ろうとした時、能登川のスマートフォンに電話が入った。

電話の相手は、東京から飛行機で福井に向かっていた三浦刑事だった。

「警部、小松空港と、夜行バスのターミナル、それと、ホテルの防犯カメラを調べたところ、副社長に似た女性が写ってました。大きなサングラスとマスクをしてますが、田中平子に間違いないと思われます」

「よし分かった。すまんが今から西洋紡の本社に行って、田中平子を見張っててくれ。いいか、絶対に目を離すんじゃないぞ」

「はい、分かりました」


パトカーが走り出して集落を抜け、しばらくすると、道の先は廃道となっていてバリケードが設けられていた。

早川は車を降りてバリケードを開けた。そして再び走り出す。

道には、崖崩れはなかったが、枯れ葉や折れた木の枝が道路上に散乱していた。五キロ程走ったところで、今度はトンネルが見えてきた。その時、能登川が早川に尋ねた。

「あのトンネルは何ですか。入口にバリケードがしてありますね」

「あのトンネルを抜けた所が、燧村役場のあった場所になります。そして、この辺りの山林の多くが田中家の所有するものです。それでは、あのバリケードを移動してきますね」

「我々も、車を降りてみていいですか」

「ええ、いいですよ」

能登川は、あることに気付いていた。それは、道路上に残る大型車の轍だった。

「松っちゃん、ぬかるんだ土の所、見てみろよ、道路は通行止めのはずなのに、大型車の轍、しかも新しい轍だ。これは、トレーラーのものじゃないのかな。バリケードがあって、入れないはずのトンネル内に轍が続いている」

バリケードを開き終えた早川が戻ってきた。

「それではトンネルを通ります。このトンネルは、ご覧の通り使われておりませんので、照明が点いていません。長さは短いんですが、途中で右にカーブしているので、先が見通せなくなっています」

パトカーはトンネルの出口近くまで来た。

「もう少しでトンネルを出ますよ」

段々明るくなり、トンネルの外が見えてくると、そこには目を疑うような光景が広がっていた。三人が口を揃えて言った。

「なんだーこりゃー」

そこにはレールが敷設されており、そのレール上には本物の鉄道車両が停車していて、プラットホームもある。本物の鉄道駅のような造りになっていた。

「松っちゃん、分かったぞ。これは社長の趣味じゃないか。社長は鉄道が趣味で、会社の金を私物化してるって言ってたよね。社長の田中高光は、廃村で人の住んでいない旧燧村に線路を敷き、鉄道車両を買って、ここで運転をして楽しんでいたんじゃないかな」

「警部、西洋紡ミュージアムの管理会社の燧リゾート開発は、おそらく社長の趣味を隠すための会社だったのでしょう。レールを敷くにも、鉄道車両を買ってここまで運ぶにも金がかかる。ミュージアムが構想段階なのに毎年赤字だったのは、この鉄道施設や車両のためですよ」

「そうだ、そしてこれが副社長を犯行に駆り立てた動機になったのだろう」

能登川と松阪の顔は確信に満ちていた。

「警部、この車両見て下さい。今から二十年程前に廃線になった奥飛騨鉄道のキハ1

０1形気動車ですよ」

「うん、あの車両、解体されずに、こんな山奥にいたんだな」

しばらくして、能登川のスマートフォンに着信があった。

「あれ、こんな山奥でも電波届くんですね」

「おそらく、この先の山を越えた所にダムがありますから、そこの電波を拾ったのでしょう」

早川の説明に納得した能登川は電話に出た。

「はい、もしもし能登川です」

「能登川さんですか。ビデオ製作会社の森田はるえです」

「ああ、森田さん。お久しぶりです。お元気でしたか」

「ええ、お陰様で元気です」

「それは良かった。ところで、私に何かご用ですか」

「実は、能登川さんにお見せしたいものがあるんですが、今、どちらにいらっしゃいますか」

「今、南越前町にいるんですよ」

「ああ、良かった。それでは福井鉄道の神明駅でお会いすることはできますか」

「ちょっと待ってね」

そう言って能登川は、早川の方を見て尋ねた。

「早川さん、ここから福井鉄道の神明駅まで、どの位の時間で行けますか」

「今の時間でしたら道路はそれほど混んでないでしょうから、四〇〜五〇分で行けると思いますよ。私の相棒でよければ神明までお送りしますよ」

そう言われた能登川は、小さくて狭い車内の軽四輪駆動車を見ながら、ニヤリと笑った。

「今は、一三時か。それでは一四時頃には着けると言ってもよろしいですか」

「はい、大丈夫です」

能登川は、森田はるえと一四時に神明駅で会うことを約束して電話を切った。

その後、早川の相棒である軽四輪駆動車は、狭い山道を疾走し下って行った。

「松っちゃん、ようやく事件の全貌が見えてきたな。あとは何か決定的な証拠が欲しいな」

松阪は少し車に酔ったみたいで、後部座席でぐったりしていて、能登川の問いかけに応えられなかった。

一三時五〇分、早川が運転する軽パトカーは、神明駅に到着した。

駅前では、ビデオ製作会社の森田はるえと平岩進が待っていた。

「お待たせしました」

「いいえ、急にお呼び立てしてすみません」

挨拶をしながらも、能登川は神明駅の駅舎内にラーメン店があることに気付き、無性にラーメンが食べたくなった。

「ところで、お二人はお昼は食べられましたか。もし、お腹がすいているのなら、そこにラーメン屋さんがあるんですが……よろしければ、ご馳走し・ま・す・よ」

今日、出会った時は曇った表情をしていた森田と平岩が、急に明るい表情になり、笑顔で応えた。

「刑事さん、ご馳走になってもいいんですか」

「ええ、もちろん」

「嬉しい。実は私達、朝から映像の編集に没頭していましたので、何も食べてないんです」

「早川さんも、どうぞ」

「えっ、私もいいんですか」

「捜査協力のお礼ですよ。ささ、中へ入りましょう」

店内に入ると、店に先客はいなかった。能登川が人数を告げると、店員に奥の座敷を勧められたので、店の奥へと入って行った。

能登川がラーメンの注文を終えると、森田はるえがノートパソコンを取り出して、動画を再生する準備を始めた。

「能登川さん、実は、映像の編集中に、とんでもないものが写っていることに気が付いたんです。実は私達、昨日のお昼頃、神明駅と鳥《と》羽《ば》中《なか》駅間にある琵琶神社踏切付近で、フクラムの撮影をしていたんですが、鳥羽中駅を一三時四三分に発車する越前武生行きの電車の映像を再生しますので、見て下さい」

「この電車は、田原町を何分に発車する電車ですか」

「一二時五四分です」

「えっ、一二時五四分？」

「能登川さん、ほら、ここ。フクラムの三両目の後方にある窓。男性の背後に女性が立っていて、右手に何か持って、手を振り上げて、そして、首の後ろへ……これって、もしかして、あの事件の……」

「これ、拡大できますか」

「ええ、できます」

そこに映っていたのは社長と副社長の姿で、かんざしを使って殺害する決定的瞬間の映像であった。

「これは、お二人のお手柄だよ。この映像、証拠品として預かってもいいですか」

「はい、ＤＶＤにダビングしてありますので、これをお持ち下さい」

森田はるえはノートパソコンからＤＶＤを取り出した。

「それと、映像の一部をプリントしておきましたので、写真もどうぞ」

森田はるえは、決定的瞬間を印刷したものも能登川に渡した。

「気が利くねえ、ありがとう。これで事件は解決したも同然だな」

「警部も、これで副署長に怒られずに済みますね」

「うん、そうだな」

ちょうどその時、ラーメンが出来上がった。

「さあ、みんな、温かいうちに食べましょう」

能登川は、ラーメンを一口食べたところでスマートフォンを取り出した。

「そうだ、西洋紡の本社にいる三浦と大谷に、田中平子の身柄を確保するように伝えなきゃ」

能登川は、口をモグモグさせながら電話をかけた。

「はい、三浦です」

「能登川だが、田中平子は今どこにいる」

「副社長は会議室からインターネットを使って、全社一斉の会議をしているところです」

「事件の証拠が見つかったから、田中平子に任意同行をお願いしてくれるかな」

「はい、分かりました」

「さあ、これでゆっくりラーメンが食べられるな」

「ええ、警部、あとは三浦と大谷に任せておけば大丈夫ですよ」

ラーメンをすする五人は、至福の時を過ごしていた。食べ終えて店を出た時、能登川のスマートフォンに再び着信が入った。それは、三浦刑事からだった。

「警部、副社長がいません。秘書の話によると、東尋坊の取引先の所へ行くと言って、三〇分程前にタクシーに乗って出て行ったそうです」

「何だって、東尋坊に取引先なんてあるんか」

「警部、東尋坊ですか。サスペンスドラマの聖地ですね。必ず犯人が捕まる所じゃないですか」

「サスペンスドラマの聖地か。逮捕されるのを待っててくれるんならいいんだがね。でも、自殺なんかされたら困るから、三浦と大谷は東尋坊に急行してくれ、我々もすぐに行くから」

「はい、東尋坊へ急行します」

すると、早川が能登川のもとへ近づいてきた。

「また、私の相棒と一緒に行きますか？」

能登川は、旧燧村から神明へ来るまで、軽パトカーの乗り心地があまりよくなかったので、少々青ざめたが、事件解決のためにはやむを得ないという思いもあった。

「ここから東尋坊までは、どのぐらいの時間がかかりますか」

「ここから東尋坊までは約四〇キロ離れてますが、市街地を外して広域農道を通れば一時間もかからないと思います」

「また、お願いしてもいいですか。今度は東尋坊まで」

「はい、では参りましょう。無線で本部に応援要請も入れておきますので」

南越駐在所の軽四輪駆動車のパトカーは、今度は赤色回転灯を点け、サイレンを鳴らしながら、更に激しいスピードで走り出した。

走り去るその姿を、森田と平岩が呆然と見つめていた。

神明駅前から市街地を抜け、広域農道に出た南越駐在所のパトカーは、北に向かってひた走る。古い軽四輪駆動車であるため、トランスミッションの前進ギヤは四段まででしかない。そのため、エンジンはレッドゾーン近くの回転数で回っているが、スピードはそれほど速くない。

能登川と松阪は、路面の凹凸《おうとつ》から来る突き上げるような振動に必死で耐えていた。田んぼが広がる福井平野を軽パトカーは、更に北へとひた走る。遠くに三国町の街が見える所までやってきた。すると、遠くの方から他のパトカーのサイレンの音が聞こえてきた。応援要請を受けたパトカーが続々と集まってきたのだ。道路の左右から、次々とパトカーが集まってきて、南越駐在所の軽パトカーを先頭に十台程の隊列が出来上がった。

パトカーを運転していた早川は、三国町の中心部に入ろうとしていたため、やや減速して、能登川と松阪に向かって大きな声で言った。

「もうすぐ東尋坊に着きます。松阪さん、東尋坊は広いです。座席の後ろに双眼鏡がありますので使って下さい」

「このパトカーに双眼鏡があるんですか」

「ええ、段ボール箱に入ってますよ」

「このパトカーには何でもあるんですね」

「南越前町では、時々熊の目撃情報が入りますから、双眼鏡は必需品なんですよ」

「なるほど」

「さあ警部、着きましたよ。土産物店が並んでいる通りを抜けた所が東尋坊です」

「よし、みんな手分けして、日が暮れるまでには探し出そう」

能登川、松阪、早川は東尋坊が見渡せる展望所に向かった。そこには先に着いていた三浦と大谷刑事がいた。

「どうだ、副社長は見つかったか」

「いいえ、副社長の写真を土産物店の人に見せて聞き込みをしましたが、それらしい人物を見た人は今のところいません」

「そうか、引き続き周辺の聞き込みと、万が一に備えてレスキュー隊の応援を要請してくれないか」

「はい、分かりました」

松阪は、双眼鏡で東尋坊の断崖を隅々まで見渡していた。

「警部、副社長の姿は見当たりませんね。もう既に海に飛び込んでしまったのでは」

「それなら、観光客の誰かが見てるんじゃないか。沖には遊覧船も運行しているんだし」

しばらくして、五人の背後から、ガラスの割れる音が聞こえてきた。

何事が起こったのかと、五人は顔を見合わせた。そして後ろ振り向き、双眼鏡で土産物店の方を見た。

「ここから飛び降りて死んでやるー」

女性が『死んでやる！』と叫ぶ声は、上の方から聞こえていた。上の方に双眼鏡を向けると、そこに女の姿があった。

「そっちかぁー」

副社長の田中平子が、東尋坊タワーの地上五五メートルの高さにある展望台の窓ガラスを割り、窓から身を乗り出して、今まさに飛び降りようとしているところだった。

「東尋坊タワーだ」

能登川が東尋坊タワーを指差すと、捜査員が一斉にタワーに向かって走り出した。

東尋坊タワーの周りを捜査員が取り囲むと、能登川が大声で言った。

「早まるんじゃない」

すると、田中平子が応えた。

「もう私は疲れました。ここから飛び降りて罪を償います」

更に能登川が大声を張り上げた。

「あなたは、まだ、やり直せる。大丈夫、降りてきて下さい」

能登川が説得している間に、レスキュー隊が到着して、救助マットを広げながら走ってきた。

能登川は、間に合う、助けられるという思いで田中平子の方を見た。すると、田中平子の口元は声を出さず『サヨウナラ』と言っているように見えた。

能登川と松阪は『早く、早く』と叫びながら救助マットを広げるのを手伝う。

「飛び降りちゃダメだ」と叫んで上を見上げた時は、田中平子の両手が窓枠から離れ、落下する瞬間であった。

能登川は、田中平子を救うことができなかったと無念に思い、一瞬目を閉じてしまった。『キャー』と言う叫び声が段々と近づいてくる。

能登川は自分の身が引き裂かれる思いであった。

だが、叫び声の後、地面に叩きつけられる音がしない。聞こえてきたのは、田中平子の笑い声だった。

「キャハハハー」

能登川達は、恐る恐る目を開けた。

「バンジージャンプ？」

田中平子の両足は、バンジージージャンプ用のゴムチューブで固定されていて、上下に揺れながら本人は笑っていた。

「死ぬ前に一度でいいから東尋坊タワーからバンジージージャンプをしてみたかったの。キャハハハー」

能登川は、捜査員達に引き上げの指示を出した。

「あほらしい、帰ろ、帰ろ」

レスキュー隊員も救助マットを片付けようとしていた。

「あのー警察の皆さん。ちょっと、私をここから降ろしてもらえますかー」

田中平子は明るい声で、更に言った。

「何でも話します、何でも話しますよ。ハイッ、私が犯人です。犯人ちゃんですよー。ずっと逆さまでいるのも疲れますので、ちょっと降ろしてもらえますか」

「めんどくせー女だなあ、三浦、大谷、タワーの展望台に行って降ろしてくれるか。レスキュー隊の方も、もう一度救助マットを広げてもらえますか」

やがて、田中平子は地上に降りることができた。

夕暮れの東尋坊は、眼下の日本海を赤く染め、波はキラキラと輝いていた。

能登川が田中平子に静かに問いかけた。

「田中さん、この事件の発端は、会長兼社長である田中高光さんが、鉄道趣味のために会社の金を私物化してたことで間違いないですね」

「はい、その通りです。営業の実態がない会社が多額の赤字を出してるなんて、すぐにバレると思ってました。ある日、経理課長の栩辻は、金の流れがおかしいことに気付き、告発すると言ってきたんです」

「まず、九月一日のことについて教えて下さい。実はあの日、あなたは東京にいたんじゃありませんか」

「はい、前日の夜にホテルを抜け出し、夜行バスに乗って東京に行きました。新宿で下車して山手線で渋谷へ行き、そこで新村と合流したんです。新村には、栩辻が乗って来たら乗車中に寝るだろうから、魚籃坂下バス停が近くなったら、重要な書類が入った栩辻の鞄を持って後方のドアから降りるように命じました。私はタクシーで魚籃坂下バス停に先回りし、乗客のふりをしてバスを待っていましたが、あのバカは、何も取らずに前扉から逃げたから、私が栂辻の鞄を奪いました。後でニュースを見てびっくりしましたよ。何を勘違いしたのか、バスジャックなんかして。私は腹が立っていたので、あいつの後をつけて行ったら、ちょうどいい人気のないガード下に入って行ったので、人がいないのを見計らって、やりました」

「そうだったんですか。あと、分からない点がいくつかあるんですが、新村さんは、手にメモ用紙を握り締めてたんですよ。『サザエでございまーす』と書かれたメモなんですがね」

「もう刑事さんはご存じかと思いますが、あいつは高校の時の同級生なんです。学校の近くにある蝶螺ヶ岳には、みんなでよく登りましたよ。刑事さんも蝶螺ヶ岳に登られたんですってね。あの日から、うちの秘書の島田に刑事さんの動きを見張るように言いまして、後をつけさせてたんです」

「やっぱりか、あの時飛んでたドローンは俺達を監視するためだったんだ」

「はい、そうです。そして、新村に栂辻の鞄を奪うことに成功したら何が欲しいかって聞いたら、あいつバカだから『また、みんなで蝶螺ヶ岳に登ろう。一枚岩展望台まで行って、みんなでサザエでございまーすって叫ぼう』って言ったんですよ。おかしいでしょう。普通金をくれとか言いそうなのにね。たぶん、蝶螺ヶ岳で叫びたかったことをメモしたんじゃないかな」

「そうだったんですか。それともう一つ、新村さんは新幹線の切符を持っていたんですが、何故こだま号に乗る予定だったか分かりますか」

「あいつは仕事も遅ければ、移動も遅い、ただそれだけです。一駅ずつ停車していく車窓を、ずっと口をポカンと開けて見ているんですよ」

「そうだったんですか。あなたはその後、飛行機で福井へ戻り、ホテルにいたように見せかけて、今度は新幹線で再び東京に来たんじゃありませんか」

「はい、その通りです」

「やはり、そうだったんですか。それじゃもう一つお聞きしたいんですが、昨日、あなたのご主人であり、会長兼社長でもある田中高光さんを殺害したのも、あなたですね」

「いいえ、その件に関しましては、昨日の夜に申し上げた通り、一本遅い電車に乗ることになりましたので、私ではありません」

「へえー、そうですか。実は、重要な目撃者がおりましてね。私達は、犯人はあなたではないかと思ってるんですよ。今からお見せしますんで見て下さい」

松阪が、ＤＶＤと、森田はるえが事件の決定的瞬間をプリントアウトした写真を数枚取り出して、田中平子に見せた。

「昨日、福井鉄道福武線の沿線で、電車のビデオ撮影をしていた人がいたんです。ここに写っている電車は、田原町を一二時五四分に発車する普通電車の越前武生行きです。ＤＶＤには、鳥羽中駅を発車した時刻、一三時四三分が記録されているから間違いありません。私は、こんなトリックがあったなんて知りませんでしたよ。田原町駅を一本遅く発車する電車でも、急行は福井駅には行かずに越前武生方面に行くから、福井城址大名町駅で下車して、二番ホームから一番ホームへ移動すれば、先発した普通電車は福井駅から戻ってきて、それに乗ることができる。つまり、後から発車した電車が、先発した電車を追い越しているわけですな。社長は睡眠薬の入った飲み物のお陰で、おそらく眠っていたのでしょう。あとは、他の乗客が下車して目撃者がいなくなるのを待つだけだった。違いますか」

「はい、その通りです」

「一つ誤算だったのは、福武線の沿線でビデオ撮影している人がいたこと。せめてカーテンを閉めてから必殺仕事人をやるべきでしたな。さあ、参りましょう」

田中平子は、小さく頷いて、能登川と共に歩こうとした。が、しかし、前のめりで転んでしまった。

実は、バンジージャンプをした時のゴムチューブがまだ外されておらず、足に付けられたままで、そのゴムチューブを後ろから松阪が引っ張っていたのであった。

田中平子は地面に伏せながら、両手両足をバタバタさせて言った。

「ゴメンなさい。もう悪いことしませんから、早くゴムチューブを取ってぇ」

松阪は、能登川の顔を見てニヤリと笑った。

それを見た能登川は言った。

「ダメだこりゃ」

あとがき

私は現在、福井鉄道株式会社に勤務し、敦賀市にある嶺南《れいなん》営業所で路線バスの運転をしている。

電車やバスの仕事は、平日の朝夕は通勤・通学の利用者が多くなるため、運行ダイヤが密となり忙しい。一方、日中は人の流れが穏やかになるため、午前中の仕事が一段落すると少々長めの昼休みをとれる日もある。

そんなある日、休憩中に、あるトラベルミステリー小説を営業所の休憩室で読んでいた。それを読んで、ふと思ったことがあった。

「福井鉄道福武《ふくぶ》線が舞台となったミステリー小説はないのだろうか？」

福武線は営業距離が二一・五キロしかない短い路線である。そのため、サスペンス的な要素がなく、物語が成り立たないのだろうか。

インターネットなどで検索しても、福井鉄道の路線や車両を紹介する書籍は数多く出版されているのだが、福武線が舞台となったミステリー小説は見当たらない。

「それならば……。

ないものは創ってしまえ！」

という発想で書き始めたのが本書のきっかけである。

私は、福井鉄道の鉄道部門・自動車部門どちらにも所属したことがある。そのため、乗務員目線での運行中の出来事や沿線風景を思い浮かべながら、他のミステリー小説にはない独自性を出したかった。

その結果、ミステリーのようでミステリーじゃない、人の思い込みがトリックを生んだ。そして、少し笑える。そんな作風に仕上がったのではないかと思っている。

読者の皆様には、時刻表と共に、旅行に行った気分で楽しんでいただけたら幸いに思う。

二〇二一年一〇月　　　　　　　　北府 茂市

〔おまけ〕お気付きとは思いますが、登場人物の名は「駅名」です。最後に一覧にまとめてみました。

新村駅（長野県）アルピコ鉄道　上高地線
仁木駅（北海道）JR 北海道　函館本線
野尻駅（長野県）JR 東海　中央線
能登川駅（滋賀県）JR 西日本　琵琶湖線
早川駅（神奈川県）JR 東日本　東海道本線
春江駅（福井県）JR 西日本　北陸本線
光駅（山口県）JR 西日本　山陽本線
平岩駅（新潟県）JR 西日本　大糸線
平子《ひらこ》駅（広島県）JR 西日本　芸備線
福吉駅（福岡県）JR 九州　筑肥線
松阪駅（三重県）JR 東海　紀勢線、名松線
近畿日本鉄道　山田線
松田駅（神奈川県）JR 東海　御殿場線
三浦駅（岡山県）JR 西日本　因美線
宮内駅（新潟県）JR 東日本　信越本線、上越線
村井駅（長野県）JR 東日本　篠ノ井線
村上駅（新潟県）JR 東日本　羽越本線
森田駅（福井県）JR 西日本　北陸本線
矢島駅（秋田県）由利高原鉄道　鳥海山ろく線
山川駅（鹿児島県）JR 九州　指宿枕崎線

【駅名登場人物】

浅香駅（大阪府）JR 西日本　阪和線
飯沼駅（岐阜県）明知鉄道　明知線
石岡駅（茨城県）JR 東日本　常磐線
一志《いちし》駅（三重県）JR 東海　名松線
大谷駅（滋賀県）京阪電気鉄道　京津線
大野駅（福島県）JR 東日本　常磐線
栗山駅（北海道）JR 北海道　室蘭本線
後藤駅（鳥取県）JR 西日本　境線
坂田駅（滋賀県）JR 西日本　北陸本線
島田駅（静岡県）JR 東海　東海道線
宗太郎駅（大分県）JR 九州　日豊本線
高塚駅（静岡県）JR 東海　東海道線
高野《たかの》駅（岡山県）JR 西日本　因美線
高光駅（愛媛県）JR 四国　予讃線
田中駅（長野県）しなの鉄道　しなの鉄道線
田本駅（長野県）JR 東海　飯田線
土井駅（福岡県）JR 九州　香椎線
中根駅（茨城県）ひたちなか海浜鉄道　湊線
椥辻駅（京都府）京都市営地下鉄　東西線
成田駅（千葉県）JR 東日本　成田線
南条駅（福井県）JR 西日本　北陸本線

著者プロフィール

北府 茂市（きたご もいち）

1969年、福井県鯖江市生まれ。

福井鉄道株式会社に入社し、現在、嶺南営業所にて路線バスの運転士として活躍中。

トラベル系のサスペンスやミステリーをこよなく愛するが、福井鉄道が舞台となったサスペンスやミステリーがないことに疑問を感じ、今回執筆。

路面電車フクラム殺人事件 21.5kmのトリック

2021年12月15日　初版第１刷発行

著　者　北府 茂市
発行者　瓜谷 綱延
発行所　株式会社文芸社
〒160-0022　東京都新宿区新宿１－10－１
電話　03-5369-3060（代表）
03-5369-2299（販売）

印刷所　株式会社暁印刷

ISBN978-4-286-23153-2